JN038039
「ふふんっ！　やっぱり私って最高に魅力的よね!!」
Character
レクシア・フォン・アルセリア
世界中を巡って悩める人々を救い続けている、アルセリア王国の第一王女。最愛の仲間とともに、大陸最古の歴史を誇るラステル王国を訪れる
I got a cheat ability in a different world, and became extraordinary even in the real world.
異世界でチート能力を手にした俺は、現実世界をも無双する
～華麗なる乙女たちの冒険は世界を変えた～
GIRLS ガールズサイド SIDE
5

レクシアとルナ

「大丈夫よ、何も心配いらないわ。
私に身を任せて——」

Character
ルナ

レクシアの護衛として彼女の世直し旅に同行している、元・凄腕暗殺者の少女。『太古の文明が眠っている』と言われるラステル王国にて、王族を巡る大騒動に巻き込まれてしまい……!?

「！　れ、レクシア、何を……！」

Contents

I got a cheat ability in a different world, and became extraordinary even in the real world. GIRLS SIDE 5

Character
セレネ

ラステル王国に到着したレクシア一行が出会った、ルナにとても似た容姿を持つ少女。何やら王国の存亡にかかわる大きな秘密を抱えているようで……!?

Character
ティト

レクシアたちの仲間になった“白猫”の獣人の少女。『爪聖』の弟子として身に付けた規格外な身体能力で、レクシアの旅路をサポートしてきた

異世界でチート能力（スキル）を手にした俺は、現実世界をも無双する ガールズサイド5

～華麗なる乙女たちの冒険は世界を変えた～

琴平 稜

原案・監修：美紅

ファンタジア文庫

3408

口絵・本文イラスト　桑島黎音

異世界でチート能力（スキル）を手にした俺は、現実世界をも無双する ガールズサイド 5
～華麗なる乙女たちの冒険は世界を変えた～

I got a cheat ability in a different world, and became extraordinary even in the real world. GIRLS SIDE 5

Ryo Kotohira original:Miku illustration:Rein Kuwashima

プロローグ

晴れ渡った空の下。

街道の先から、風に乗って賑（にぎ）やかなざわめきが届く。

「見て、町が見えてきたわ！」

レクシアは伸び上がるなり、スカートを翻（ひるがえ）して走り出した。

「あの町でお昼ごはんにしましょう！　ルナ、ティト、早く早く！」

白い肌に上気した頬が美しく映え、太陽の光を切り抜いたような金髪が弾む。

翡翠（ひすい）色の瞳には抑えきれない好奇心を、薔薇（ばら）色の唇には眩（まばゆ）い笑みを湛（たた）え、溌剌（はつらつ）と駆ける姿を見れば、道行く誰もがその可憐（かれん）さに目を奪われる。

一介の旅人に身をやつしてはいるが、辺境の街道にあっても隠しきれない気品が、彼女が高貴な出身であることを物語っていた。

「待てレクシア、走ってばかりじゃなく、少しはお淑（しと）やかにしないか！」

レクシアを追って、ルナが慌てて走り出す。

風になびく銀髪は絹のように細く滑らかで、青い瞳は冬の湖のごとく凛(りん)と透き通っている。

ともすると人形を思わせるほどに可憐で美しい少女だが、華奢(きゃしゃ)ながらに引き締まった四肢としなやかな身のこなしを見れば、彼女が一流の冒険者をはるかに凌(しの)ぐ実力者であることは一目で分かった。

元凄腕(すごうで)の暗殺者という異色の経歴を持つルナは、今はレクシアの護衛という任に就いており、その使命を果たすべく奔放な主人の後を追う。

その後ろにティトが続いた。

「あわわ、待ってください～っ！」

ぴょんぴょんと跳ねる歩調に合わせて、長いしっぽが弾む。

大きな金色の瞳や丸い頬には幼さが残り、雪よりもなお白い純白の髪が、愛らしく儚(はかな)げな印象に拍車を掛ける。

しかし小さな身体(からだ)に不釣り合いな大きな荷物を背負っているのを見れば、彼女もまた普通の少女でないことは誰しもがすぐに理解できた。

頭にぴんと立った白くて大きな猫耳が示すとおり、ティトは希少な白猫の獣人であり、さらに爪術で世界の頂点を極めた『爪聖(そうせい)』の弟子でもあった。

王女と、元暗殺者と、『爪聖』の弟子。

存在そのものが規格外な三人の少女は、街道の先に見える町を目指して、弾むように駆ける。

——アルセリア王国の王女であるレクシアが、『困っている人を助けるために、世界を巡る旅に出るわ！』と城を飛び出したのは、しばらく前のこと。

以来レクシアたちは、その宣言に恥じぬ快進撃を続けていた。

開幕早々、サハル王国で望まぬ政略結婚を強いられそうになっていたレガル国のライラ王女を救済したついでに、邪悪な宰相の野望を暴き、北のロメール帝国では恐ろしい氷霊を倒して呪いの吹雪を晴らしたかと思えば、今度は東のリアンシ皇国で幼い皇女と共に厳しい試練を勝ち抜いて七大罪を撃破し、とどめとばかりに南の島で異星の獣を打ち破って世界をも呑み込む恐ろしい噴火を阻止した。

言葉通り『世界を救う』旅を続け、行く先々で救世主となった三人は、しかしなおその歩みを止めることなく、次なる目的を探して『太古の文明が眠る国』——ラステル王国を訪れたのだった。

国境沿いの街に足を踏み入れると、レクシアは顔を輝かせながら、古い街並みを見渡した。

「ここがラステル王国なのね！　初めて来たけど、遺跡と自然が混ざっていてとっても神秘的な雰囲気だわ！」

その街には、他の国にはない特色が見て取れた。

人々が平和な日常を営むのどかな景色の中、そこかしこに朽ちた石像や煉瓦(れんが)造りの遺跡があり、それらが生活と融合しているのだ。

小さな広場では、長年の風雨ですり切れた井戸や石垣が、半ば蔦(つた)に覆われながらも現役でその役目を果たしており、長い歴史を経(へ)て古ぼけた煉瓦の壁の影で、農民たちが休憩がてら談笑している。

通りから少し外れると、巨大な樹(き)の根に埋もれた石像や崩れかけた寺院が建っていて、悠久の歴史を感じさせた。

ティトが興奮したように猫耳をぴこぴこと動かす。

「すごいですね、遺跡が日常の一部になってます！」

ルナもそれらの光景に物珍しそうな視線を送りながら頷(うなず)いた。

「今でこそ、ラステル王国は大陸の西に位置する小国という扱いだが、実は大陸で最初に文明が栄えた地として『太古の文明が眠る国』とも呼ばれているそうだ」

「えっ、そうなんですか⁉」

「ああ。かつてこの地には大陸最古の帝国――ナユタ帝国という強大な国家が繁栄していたらしくてな。ナユタ帝国は現代でも解明できない高度な文明を誇っていたのだが、謎の大災厄によって一夜にして滅んだ。そしてわずかに生き残った人々がその跡地に建国したのがラステル王国ということだ。そのため、今もナユタ帝国時代の遺物らしき、謎の技術を用いた人工物が出土するらしいぞ」

「そうそう！　だから『太古の文明が眠る国』とか、『悠久の王国』って呼ばれているのよね。すっごくロマンを感じるわ！」

「ふおおおお！　それじゃあラステル王国の王家の人たちは、その古代帝国ナユタ？　の血を引いているんですね！　なんだかとってもカッコいいですっ！」

レクシアも興奮に顔を輝かせ、ティトが雄大な歴史の流れに圧倒されたように目を丸くする。

ルナが王家という言葉にふと反応して、レクシアを見た。

「そういえばレクシア、アーノルド様に手紙は送ったのか？」

「あっ、忘れてたわ」

「「ええ!?」」

けろりと答えるレクシアに、ルナとティトが仰天する。

「ま、まだ送ってなかったのか!?」

「だって、特に報告することがないんですもの」

「いやあるだろう、ありすぎるほどに!?」

アーノルドとはレクシアの父であり、アルセリア王国の国王である。

ルナは、ある日突然『世界を救う旅に出るわ!』と城を飛び出した愛娘(まなむすめ)を案じて日々卒倒せんばかりに気を揉(も)んでいるであろうアーノルドのために、再三手紙を書くようにレクシアを諭しているのだが、ついぞその言いつけが遂行されたことはないのであった。

しかしレクシアは何故(なぜ)か自慢げに胸を張る。

「でも、ライラ様には手紙を送ったわよ！　ハルワ島での大冒険のこととか、ラステル王国へ向かっていることとかね！」

ライラはアルセリア王国の隣国レガル国の王女であり、レクシアたちはかつて良からぬ陰謀に巻き込まれた彼女を救ったことがあった。

以来、レクシアとライラは王女同士親睦を深めているのであった。

「あとノエルとフローラさん、シャオリン様とジゼルにも手紙を送ったわ！」

レクシアが指折り数えるのは、北の大国ロメール帝国が誇る天才姉妹と、東のリアンシ皇国の幼き皇女、そしてつい最近、共に世界の危機に立ち向かった南の島の少女の名で、いずれも常識外れの能力や力を持つ少女たちである。

「たくさん手紙を書くの、大変だったんだから。偉いでしょ！」

褒めて！　とばかりに頬を紅潮させるレクシアに、ルナは思わずツッコんだ。

「それはいいが、なぜ肝心のアーノルド様に送っていないんだ⁉　早く安心させないと、心配のあまり奇行に出かねないぞ⁉」

「だって、面倒なんだもの」

「面倒⁉」

「そ、そんな理由で……⁉」

「あんまり構っても余計にうるさくなるだけだもの、少しくらい放っておいたほうがいいのよ」

「お、父娘というのはそういうものなのか……？　よく分からん……」

放心するルナに、レクシアはまったく悪びれた様子もなく肩を竦めた。

「だいたい、お父様は大袈裟なのよ。そんなに心配しなくてもいいのに。私には最強で最かわなルナとティトがついてるんだし、それに心強いアイテムだってたくさんあるんだから！　サハル王国でもらった宝剣とか、ロメール帝国でもらった『六花の盾』とかね――」

レクシアはそう言いながら、件のアイテムを取り出そうと袋に手を差し込み――その手がすぽっと突き抜けた。

「あら？」

袋から突き出た手を見て目を丸くする。

「大変、袋に穴が空いてるわ!?　どこかに落としちゃったみたい！」

「「えええええええ!?」」

ルナとティトが、先程の驚愕をさらに上回る大声を上げた。

「あ、あの『常闇の暗雲を切り裂いた』っていうものすごい逸話を持つ宝剣と、『どんな炎も無効化する』っていうとんでもない伝説の盾を、お、落としちゃったんですか!?」

「だからあれほど走るなと言ったのに……！」

さらにレクシアは、萎んだ袋を逆さにして振りながら叫ぶ。

「それだけじゃないわ！　ノエルとフローラさんからもらった『魔銃』と、リアンシ皇国の『真実の鏡』もないわ！」

「全て国宝級のアイテムなんだが⁉」

「あわわわわわ、誰かが拾ったら大変なことになっちゃいます……！」

旅の先々で救世主となったレクシアたちに贈呈されたアイテムの数々は、全てが規格外の威力や効果を秘めた代物で、そのため万が一悪用されれば国を傾かせかねない。

レクシアが悲しそうに眉を下げる。

「それに、ジゼルからもらった『精霊石』も……まだ一回も試してないのに……」

『精霊石』とは精霊の力が込められている特別な石らしく、ハルワ島を発つ際に、ジゼルがレクシアたちの旅に役立ててほしいと贈呈してくれたのだ。

「どうしよう、せっかくジゼルがくれたのに……」

「と、とにかく探すぞ！」

「急いで引き返しましょう……！」

しょんぼりしているレクシアの手を引いて、ルナとティトが来た道へと足を向ける。

その時、凛とした声が響き渡った。

「待って！」

三人の前に、フードを目深(まぶか)に被(かぶ)った少女が立っていた。

細身の体躯(たいく)に、すらりと伸びた四肢。腰に流麗な剣を佩(は)いた、旅の剣士といった風体だ。

フードの奥にちらりと見える口元は端整だが、ひどく慌てているようだった。

「こ、これは君たちのものかい⁉」

少女が辺りをはばかりながら尋ねる。

細い両腕には、他の人の目から隠すようにして、レクシアが落とした国宝級のアイテムの数々が抱えられていた。

「あっ、そう、そうよ！　間違いないわ！」

「全部拾ってくれたんですね！」

「すまない、助かった」

「ああ、無事に持ち主に返せて良かったよ」

少女は胸を撫(な)で下ろすと、抱えていたアイテムを慎重にレクシアたちに渡した。

「見慣れないアイテムが街の外に点々と落ちていたから、拾って警備兵に届けようとしたんだけど、よく見るととんでもないオーラを放っている品ばかりだ。これは大騒ぎになると思って、慌てて持ち主を捜していたんだよ。そこに君たちの会話が聞こえてきて……」

「ありがとう、とっても助かったわ！　あなたは――」

「私の名はセレネ、しがない冒険者だよ。セレネと呼んでくれたら嬉しい」

「ええ！　本当にありがとう、セレネ！」

花が咲いたようなレクシアの笑顔に、セレネと名乗った少女が笑う。

「それにしても、そんな並外れたアイテムを持っているなんて、君たちは一体……――」

セレネは呆気に取られながら三人を見渡していたが、その視線がルナの前で止まった。

「！　君は……」

セレネが驚いたように呟く。

「ん？」

「いや、ごめん。何でもないよ」

セレネは慌ててフードを深く被り直し、目を逸らした。

そんなセレネに、レクシアが声を掛ける。

「ねえセレネ、私たちこの街でお昼ごはんにするところだったんだけど、良かったら一緒に食べないっ？　アイテムを拾ってくれたお礼にごちそうさせてちょうだい！」

「！　それは……ぜひお言葉に甘えたいのだけど……」

セレネは一瞬嬉しそうにしたが、何かを警戒するように辺りを見回した。

街の中心から賑やかな喧噪が聞こえてくると眉を下げ、残念そうに首を横に振る。

「せっかくのお誘いなのに申し訳ない……食堂みたいに人が多く集まる場所は、少し苦手でね」

「そうなの？　んー……なら、あっちの木陰で食べましょうよ！」

レクシアは少し街から離れたところにある小さな森を指さした。

「ルナの作るスープは世界一おいしいのよ。それに、珍しい南の島の果物もあるの。とっても大事な落とし物を拾ってくれた恩人だもの、何かお礼をしなくちゃ気が済まないわ！」

するとセレネがはにかむようにして笑った。

「それでは、お言葉に甘えようかな」

こうしてレクシアたちは、古代の遺跡が息づく国で、謎の少女セレネと出会ったのだった。

第一章　王女

　四人は森に移動すると、火を熾して食事を作った。

　自己紹介をし、食事に舌鼓を打ちながら談笑に花を咲かせる。

「セレネさんは冒険者さんなんですね」

「うん、育ての親が冒険者でね。小さい頃から彼女にくっついて、いろいろな国を巡ったよ……って、このスープ、すごくおいしいね⁉」

「でしょっ？　ルナ特製のスープよ！」

「へえ、すごいな。良かったら、後で作り方を教えてくれないかな、ルナさん？」

「もちろん構わないぞ」

「ありがとう！」

　セレネは嬉しそうに言うと、フードを被ったまま器用に匙を口に運ぶ。

　微笑みを浮かべるその唇から、ふと軽やかな旋律が零れ落ちた。

「熱々スープに焼きたてパン。お腹がすいた石人形、俺にも寄越せと大暴れ。子犬も小鳥も逃げられない。冷たい地下で待ちましょう、スープとパンが冷めるまで……」

「それ、不思議な歌ね」

レクシアが興味津々で身を乗り出すと、セレネははっと我に返った。

「ああ、ごめん。私の家に古くから伝わっている歌でね、幼い頃によく聴いていたから、今でもつい口ずさんでしまうんだ」

「童謡でしょうか？」

「それにしては歌詞が独特だな」

「歌なら、私も得意よ！」

「はあ、張り合ってどうする……」

「ふふ、それじゃあ今度一緒に歌おうか」

そんな会話を交わしながら、食事は和やかに進む。

食後の果物を一口食べて、セレネが目を丸くした。

「ん、おいしい！　こんなに甘くて瑞々しい果物は初めて食べたよ」

「良かった、ハルワ島でお裾分けしてもらったの」

「海と自然が綺麗で、とってもいい島でした！」

「へえ、それは一度行ってみたいな。……レクシアさんたちも旅をしているの？」

「サハル国やロメール帝国、東のリアンシ皇国にも行きました！」

「ええ！」

「えっ、君たちだけで？　それはすごいね！」

セレネは驚いていたが、ふと心配そうに眉を寄せた。

「それにしても、最近物騒な話を聞いた国ばかりだね。国が滅亡しかねない危機に見舞われたところを、とんでもない救世主が現れて解決したという話だけれど……危ない目には遭わなかった？」

「大丈夫よ！　だってその救世主って私たち——もごご！」

「ああ。この通り、幸い無事だ」

「と、とっても元気でぴんぴんしてます！　えへへ！」

「それは良かった」

こうして四人は食事を終える頃にはすっかり打ち解けていた。

火の始末をするセレネに、ティトが慌てて声を掛ける。

「あっ、セレネさんは座っていてください、私たちがやりますから！」

「ありがとう、でもじっとしているのは性に合わなくてね。手伝わせてくれると嬉しいな」

四人で仲良く片付けていると、不意に風が吹いた。

強い風に煽（あお）られて、セレネのフードが一瞬めくれる。

「！」

セレネは慌ててフードを押さえると、すぐに深く被り直した。

「……今、何か見たかな？」

「えっ？　い、いいえ……？」

ティトが不思議そうに答えると、セレネは安堵（あんど）したように息を吐いた。

「そうか。では私は、川で食器を洗ってくるよ」

セレネが食器を手に川へ向かう。

その背中を見ながら、レクシアが小首を傾（かし）げた。

「セレネ、ごはんの時もフードを脱がなかったわね。食べづらくないのかしら？」

「まあ、何か事情があるのだろう。それよりレクシア、背負い袋の穴を縫っておいたから、今度は落とさないようにするんだぞ」

「えっ、新品みたい！　ルナってばすごいわっ！」

「抱き付くな」

セレネが戻ってきて、後片付けが完了する。

レクシアは荷物を背負いながら手を払った。

「これでよしっと！　ねえセレネ、行き先は決まっているの？　もし良かったら、途中までいいから私たちと一緒に行かない？　もっとセレネとお話ししたいわ！」

「ありがとう、ぜひそうしたいんだけど――」

セレネの言葉半ばに、街の方角が騒がしくなった。

見ると、厳めしい顔をした兵士たちが街の人々に何か尋ねて回っている。

「あら？　どうしたのかしら」

「国境沿いの町には不釣り合いな兵士の数だな」

「何かを探しているみたいですが……」

レクシアたちが首を傾げる中、セレネははっと顔を強ばらせ、素早く身支度を調えた。

「悪いけれど、私はこれで失礼しよう。お昼ごはん、とてもおいしかった。それに楽しかったよ、ありがとう」

「あっ……」

呼び止める暇もなく、セレネは森の方へと身を翻した。

「ありがとう、セレネ！　またいつか会いましょうね！」

「うん、またいつか！　どうか元気で、いい旅を！」

セレネは大きく手を振ると、闇に紛れるようにして森の奥へと去っていった。

「……行っちゃいました」

「兵士を見た途端、様子が変わったな。人が集まる場所も避けていたようだし……」

「何か、人に見られたくない事情でもあるんでしょうか？」

「でも、大事なアイテムを拾って届けてくれたし、いい人なのは間違いないわよね！」

「そうだな。それより、もう落とすんじゃないぞ」

そんなことを言いながら街へ足を向ける。

その間も兵士たちは聞き込みを続けていたが、期待した成果は得られなかったらしい。

やや落胆していたようだが、レクシアたちに気付くと慌てて近付いてきた。

髭（ひげ）をたくわえた年配の兵士が、柔らかく尋ねる。

「旅のお嬢さんたち、少しいいかな。君たちと同じくらいの歳（とし）の少女を捜しているのだが、知らないかい？　銀髪に青い瞳をしていて――」

そう言いかけた兵士の目がルナの前で止まり、大きく見開かれた。

「ディ、ディアナ様!?」

「⁉」

驚くルナを、兵士たちが歓声を上げて取り囲む。

「おお、なんということだ！　この美しい髪と瞳の色、間違いない！」

「ま、まさか本当に見つかるとは……！」

「ああ、すっかり大きくなられて……！」

今にも泣き出しそうな兵士たちの勢いに、ルナが後ずさる。

「す、すまない、状況がさっぱり分からないのだが、これは一体……？」

戸惑うばかりのルナに、年配の兵士が涙ぐみながら膝を突いた。

「お捜ししておりました、ディアナ様……！　あなた様こそ、幼い頃に賊に攫（さら）われて行方知れずになった、我が王国の王女殿下！」

「「え……えええええええええっ！」」

レクシアとティトが驚愕（きょうがく）しながらルナを見る。

「ルナ、王女様だったの⁉」

「ルナさんが、『太古の文明が眠る国』——ラステル王国の王女様……⁉」

「い、いや、私は物心がついた時から孤児だ、そんなはずは……！」

するとそれを聞いた兵士たちが涙にむせんだ。

「おおなんと、ご両親のご記憶を失っておられるとはっ……！」

「無理もない、賊に攫われたショックがよほど大きかったのであろう……！」

「間違いない、この方こそディアナ王女だ！　ついに、ついに見つけたぞ！」

「ま、待ってくれ、私は本当に……」

うろたえるルナとは反対に、レクシアはきらきらと目を輝かせた。

「素敵、ルナが王女様だったなんて！　でも納得だわ、ルナったらとっても可愛くて強くて特別なんだもの！　……ってことは、私とルナは王女仲間だったのね⁉　私たち、出会うべくして出会ったんだわ！　これって運命よね、きゅんきゅんしちゃう！」

「待てレクシア、私が王女だなんて、そんなわけがないだろう！」

慌てるルナだが、レクシアも兵士たちもすっかり盛り上がっていて耳を貸さない。

「ディアナ様、すぐにお城へ！　ファルーク陛下――お父上が再会を切望しておられます！」

感激しつつ急かす兵士に、レクシアが同意する。

「こうしちゃいられないわ、急いでお城に行きましょうよ！」

「楽しんでいる場合か⁉」

「こ、好奇心全開です……⁉」

「あら、好奇心もあるけど、それだけじゃないわよ」

「？　どういうことだ？」

レクシアはルナとティトを手招きすると、声を潜めた。

「ルナが本当の王女様がどうかは置いておくとしても、幼少の頃に攫われた王女様を今になってこんなに必死に捜してるなんておかしいじゃない？　きっと王宮で何かが起こったに違いないわ。一国の王女として、他国に怪しい動きがあれば把握しておかないとねっ」

「な、なるほど、確かに一理あるな……」

「レクシアさん、そんなことまで考えているなんてすごいです！」

思わず舌を巻くルナとティト。

しかしレクシアは、真剣な様子から一転して、興奮で紅潮した頰を両手で押さえた。

「それに昔、お父様から『ラステル王国の王都には、何かとんでもないものが眠っているらしい』って聞いたことがあるのよね！　ねっ、ねっ、気になるでしょ⁉」

「と、とんでもないもの、ですか……⁉」

「私は全く気にならないが⁉」

「ねえいいでしょ、行くだけ行ってみましょうよー！」

レクシアはすっかり行く気で、ルナの腕を取ってぶんぶんと振る。

その様子を見ていた兵士たちがいよいよ目を輝かせた。

「おお、来て下さるのですね！」

「ついにディアナ王女が王城にお戻りになるぞ！」

「こんなめでたい日が来るとは！　これは国中お祭り騒ぎになること間違いないな！」

「式典長に、盛大な祝賀パーティーを開いてもらわねば！」

「ほら、ルナ！　みんな楽しみにしてるわ！」

浮かれる兵士たちに混ざって、レクシアがぴょんぴょん跳ねる。

こうなると止められないと知っているルナは、浅くため息を吐いた。

「はあ、仕方ない……話を聞くだけだからな。さすがに国王に会えば、私が自分の娘ではないことに気付くだろう。お前は自覚がないようだが、見る者が見れば分かるんだからな。とりあえず王城までは行くが……絶対に正体がばれないようにするんだぞ」

「やったわ！　ありがとう、ルナ！」

「やれやれ、どうなることやら……」

笑顔で請け合うレクシアに、ルナは遠い目をしたのであった。

＊＊＊

一行は馬車に乗せられ、ラステル王国の王都に到着した。

王城の前で馬車を降りた途端、ティトが驚きのあまりしっぽをぴんと立てる。

「わわ、お城の後ろに、大きな石の山が……！」

城の背後に、巨大な遺跡が聳(そび)えていた。

岩で作られた角錐(かくすい)で、城よりもなお大きく、石の階段がその頂上まで続いている。

「あれは……見たところ、相当古い年代のものだな。ナユタ帝国時代の祭壇か？」

「石であんなに大きな祭壇を作っちゃうなんて、すごいわ！　さすがは『太古の文明が眠る国』ね！」

いかにも『悠久の王国』といった光景に圧倒されていると、城門が重い音を立てて開き、護衛と共に一人の男が現れた。

ルナを見るなり感激したように両手を広げる。

「おお、これは！　月光のごとき銀髪に、澄んだ湖のような青い瞳……そのお姿、まさしくディアナ王女！」

鷹(たか)のように鋭い双眸(そうぼう)に、黒々とした髭。

痩躯を包む長いトーガは上質な絹で作られており、一目で高貴な人物と知れる。

壮年のその男は、ルナに向かって恭しく頭を下げた。

「お久しゅうございます、ディアナ様。覚えておいででしょうか、貴方様のお父上――フアルーク国王陛下の弟、ダグラスです」

「ここに来る前に兵士にも伝えたのですが……私は孤児です。何かの間違いでは……」

ルナが王女であることを疑う気配すらないダグラスに、ルナは困惑を露わに眉を下げる。

しかしダグラスは、確信をもった仕草で首を横に振った。

「いいえ、私の目に狂いはありませぬ。おそらく賊に攫われたご心痛で、ご記憶が曖昧になっておられるのでしょう……お労しいことです。ですが心配はございません、お父上に会い、懐かしい王城で暮らせば、直に思い出すはずです」

それを聞いて、レクシアがいよいよ興奮に頬を染める。

「すごいわルナ、本当に王女様だったのね！　しかも古代帝国の血を引いているなんて、カッコよすぎるわ！」

「わ、私、王女様二人と一緒に旅をしていたんですね……！」

「あのな、二人とも……これは絶対に何かの間違いで……」

額を押さえるルナをよそに、レクシアはご機嫌でくるくると回った。

「ふふっ、俄然楽しくなってきたわ！　王女様ならドレスは必須よね！　早速ルナに似合うドレスを見立てなきゃ——あら？　なんだかいいにおいがするわね」

レクシアは大通りを振り返り、屋台で売られているお菓子を見てぱっと顔を輝かせた。

「なにあれ、とってもおいしそう！　あんな食べ物初めて見るわ、きっとこの国の名物なのよ！　ねえティト、ルナはあのお髭の男の人と大事なお話があるみたいだし、先に二人で食べてみましょうよ！」

「ふぁっ、は、はい！」

「あ、待てレクシア……！」

ダグラスはそんなやりとりなど視界に入っていないように、ルナを城内へと促す。

「さあ、ディアナ様。どうぞこちらへ」

「い、いや、ですが……先程も言ったように、私は王女ではなく……」

逡巡するルナに、ダグラスが声を潜めた。

「——実は、国王陛下の体調が思わしくなく……」

「！」

その深刻な声色に込められた意味に、ルナが息を呑む。

「陛下は一目でいいからあなた様に会いたいとお望みです。もはや猶予はありませぬ、お急ぎ下さい」

「ちょ、ちょっと待ってほしい、私には護衛の任務が――」

焦(あせ)りつつ振り返る。

しかし肝心の護衛対象(レクシア)は、屋台で買い求めたお菓子を口いっぱいに頬張って目を輝かせていた。

「ねえルナ、これすっごくおいしいわ⁉」

「レクシア――――――！」

「あっ、ルナは先に行って、王様を安心させてあげて！　私、もうちょっと食べ歩きしてから合流するわね！　お土産も気になるし！」

「護衛はどうするんだ⁉」

「ティトがいるもの、心配いらないわ。ね、ティト！」

「もぐもぐ……ふぉ⁉　ふぁ、ふぁいっ、がんばりまふ！」

「ティトまで何を食べてるんだ⁉」

レクシアはルナに向かって朗らかに手を振る。

「大丈夫よ、すぐに行くから！　ちゃんとルナにもお土産買っていくから安心してね！」

「い、いや、お前がいいならいいが……いやいいのか⁉」

ツッコみが追いつかず取り乱すルナを、ダグラスが促した。

「さあディアナ様、一刻も早く国王陛下のもとへ！」

「だ、だから私はディアナではないと言っているだろ――――――⁉」

喚(わめ)くルナとレクシアたちを隔てるように、城門が閉ざされる。

こうしてルナは城へ、レクシアとティトは王都へと分かれたのであった。

＊＊＊

「んーっ！　おいしいー！」

レクシアは屋台で売っていた食べ物を一口頰張って頰を押さえた。

「少し辛(から)い味付けがいいわね！　どんどん食べられちゃう！」

「私のはちょっと甘いです！　皮で包んであるから、手軽に食べられていいですね！」

「そっちの味も気になるわ！　ティト、半分交換しない？」

「はい！　どうぞ、レクシアさん！」

「あーん、はむっ。んー！　本当だわ、こっちもおいしい！」

二人が食べているのは、たっぷりの野菜や肉に特製ソースを掛けて薄い皮で包んだ、ラステル王国の名物だった。

互いの分を交換しながら露店を覗き込む。

「見たことのないお土産ばっかりね、わくわくしちゃう！」

「はいっ！　お守りとか彫刻がたくさんありますね！」

「あっ！　ティト、あれを見て！」

レクシアが指をさした先には、風変わりなネックレスが並んでいた。

鎖の先に小さなドクロがついていて、七色の光を放っている。

「あのドクロ、とってもかっこいいわ、ユウヤ様に似合いそう！」

「す、水晶のドクロですか……⁉　しかも虹色に光ってます……⁉」

驚く二人に、初老の店主が声を掛ける。

「お嬢ちゃん、お目が高いね！　これは古代の遺跡から発掘された遺物だよ。なんでも、地下に住む小人の頭蓋骨だそうだ！」

「ええっ⁉　こ、怖いです！」

「でもこれ、どうやって光ってるの？　魔法でもないみたいだし……」

「謎さ！」

「「ええ⁉」」

店主は仰天する二人を見て楽しそうに笑う。

「ナユタ帝国時代の遺物は特殊な技術が使われていて、今でも解明できていないものが多いんだよ」

「あの、こっちの石でできた鳥のおもちゃ、本物の鳥みたいに動いてるんですけど、もしかしてこれも……？」

「ああ、謎さ！」

「すごいわ、謎の大盤振る舞いね！」

「そ、そんなすごいもの、お土産として売ってしまって良いんでしょうか……!?」

「まあ、しょっちゅう発掘されるからね。それに、遺物と謳っているだけの紛いものも仰山売られているから気を付けなよ」

「ま、紛いもの……？」

　店主はにやりと唇を吊り上げながら商品を指さす。

「ああ。例えば、この石はかつて伝説の雷神が砕いた大岩の欠片と言われていて、強い衝撃を与えれば雷撃を放つぞ。そしてこの球は、神々の祝宴で使われたという代物で、宙に投げれば色とりどりの雲が辺りを覆い尽くす。この宝玉は水神の髪飾りで、口に含めば水の中でも息ができるのさ！」

「うう、本当でしょうか……!?　そんなすごいものが、お土産屋さんで売られているなんて……！」

「すごいわ！　全部くださいな！」

「えええええ⁉　レクシアさん、そんなに買ったらルナさんに怒られちゃいますよ⁉　そ、それになんだかとっても怪しいです～……！」

「ははは、まあ騙されてみるのも思い出の内さね！　まいどあり！」

レクシアは怪しげなお土産をいくつか購入して、ほくほくしながら大通りを後にした。

「はあ、楽しかったわ！　さあ、ルナと合流しましょう！」

「はい！」

城門に戻ると門は固く閉ざされており、門番が厳めしい顔で立っていた。

レクシアはご機嫌で門番に声を掛ける。

「こんにちは！　私たち、ルナ……じゃなくて、ディアナ王女様の仲間なの。入れてくださいな」

しかし門番は首を横に振った。

「悪いが、誰も通さないようにとダグラス様より仰せつかっている」

「ええっ⁉　ど、どういうことですか⁉」

「私たち、ルナ――じゃなくて、ディアナ王女様と一緒に来たのよ、さっき見てたでしよ⁉」

「ああ、確かにな。だがダグラス様は、もうお前たちを中に入れるなと仰せなのだ」

「そ、そんな⁉　一体どうして……！」

呆然とするティトの横で、レクシアは門番に猛然とドクロのネックレスを突きつけた。

「仕方ないわね！　この光るドクロをあげるから開けてよ！」

「い、いらん！　そんな怪しい土産物など……やめろ、押しつけるな！」

門番は光るドクロを押し返しつつ、困ったように眉を寄せた。

「何を言われようと、ダグラス様の命令に背くことはできん。悪いが帰ってくれ」

レクシアとティトは、門前から追い払われてしまった。

「何よ――――⁉　私たちとルナを引き離すなんて、許さないんだから――――っ！」

「あわわわわ⁉　どうしましょう、ルナさんと離されちゃいました……！」

レクシアはひとしきり頬を膨らませていたが、ふと真剣な顔で考え込んだ。

「それにしても、私たちとルナが仲間だっていうことは分かっているはずなのに、こんなに強引に引き離すなんておかしいわ……あのダグラスっていう王弟、きっと何か良からぬことを企(たくら)んでるに違いないわ！」

「た、確かに変です、お城の中で良くないことが起きている気がします！」

「ルナを助けないと！　なんとかしてお城に入る方法を探すわよ、ティト！」

「はいっ！」

こうしてレクシアとティトは、王城に侵入するべく辺りの探索をはじめるのだった。

＊＊＊

一方、城に招かれたルナは、ダグラスの後について回廊を歩いていた。

「かなり堅牢(けんろう)な城だな」

ぽつりとこぼした呟(つぶや)きに、ダグラスが振り返りもせず答える。

「この城は、ナユタ帝国時代の遺跡を利用して造られたのです。そのため所々に古代文明の技術が残っており、王家の血筋である我々にも解明できない部分もございます」

ルナは歩きながら城内に目を配った。

「(至る所に、特殊な素材が使われているな。見たことのない金属に、頑強な石……ナユタ帝国時代の名残か。私でも壊すことは難しそうだ)」

さりげなく構造や警備が手薄なところを確認しながら、人気のない奥へと進む。

ダグラスは、廊下の突き当たりで立ち止まった。

そこには重厚な扉がひっそりと存在していた。

「さあ、ディアナ様。この先で私の兄上――国王陛下が待っております」

重たげな音を立てて、扉が開く。

じっとりと湿った闇の向こうに、地下へと下りる階段が続いていた。

「地下への階段……？　なぜ一国の王が地下に？」

「……理由はすぐに分かるでしょう」

「……――」

ルナは五感を研ぎ澄ませながら階段を下りた。

やがて地下室に着くと、ぼんやりと灯った明かりの中、簡素な寝台の上に男が横たわっていた。

白髪混じりの髪に、長く伸びた髭。

目を閉じて眠っているようだが、その顔には苦悶の表情が浮かび、乾いた唇から細い呼吸がひゅうひゅうと漏れている。

「この御方が、ラステル国王……？」

「……はい。半年前から体調を崩し、国中の医師や魔術師に診せたのですが、原因は分からず……。最近は目を覚ますことも少なくなり、脈は弱る一方で、もって数日と言われております」

ルナは声もなく立ち尽くした。

ダグラスが国王の青白い顔に明かりをかざし、眉を険しく寄せる。

「このことが公になれば国は乱れ、良からぬことを企む輩も現れないとは限りませぬ。国内だけではなく、この隙につけ込もうとする他国も現れることでしょう。そのため、やむを得ずこうして地下に隠しているのです。……かつて兄には一人娘がいたのですが、幼少の頃に賊に攫われて行方知れずのまま……しかし余命僅かになった今、兄は自分亡き後、娘に王位を継がせたいと望み、そのため国中総出であなた様を捜していたのです」

「そうだったのか……」

ルナは痛ましい国王の姿に、胸を押さえてうつむいた。

「私にできることならば、力になりたい……だが、私は……」

ここにいるべきなのは自分では無い、すぐに城を去るべきだという想いが去来して、ルナは出口の方へと視線を向ける。

すると、ダグラスは重々しく口を開いた。

「本当は、このような手段は避けたいのですが……今は、ラステル王国の行く末が掛かった一大事。このままであれば、あなた様と共に旅をされていたお二人を捕らえ、その身元を徹底的に調べざるを得ませぬ……」

「なっ……！」

揺れる灯り(あか)に、ダグラスの表情がゆらゆらと歪む(ゆが)。

「いえ、私はそうは思わないのですが……宮廷内で、あの者たちを疑う声が上がっているのですよ。あの二人こそが、かつてあなた様を攫った賊の仲間ではないかと。そして彼女たちが、あなた様のご記憶を呪術等で奪ったのではないかと……」

「そ、そんな……！」

「国境沿いの街であなた様を発見したという報がもたらされた際、共にいた者たちを捕えて尋問にかけるべきだという意見も上がったのですが、私がなんとかそれをなだめたのでございます。……ですが、このままあなた様のご記憶が戻らず、城を去るということであれば、その前に彼女たちを捕らえて徹底的に詮議せざるを得なくなりましょう」

「……！」

ルナはしばし逡巡(しゅんじゅん)し、苦々しい声を絞り出した。

「……分かった。言う通りにするから、あの二人には手を出さないでほしい」

その返事にダグラスがうっすらと笑い、慇懃(いんぎん)に頭を下げる。

「ええ、ええ、ご英断かと。あなた様も、あのお仲間の二人には平穏でいてほしいことでしょうから」

しかしルナは息を吐きつつ、内心で呟いた。

「(いや、あの二人に下手に手を出されると、また規格外な暴走をして面倒なことになりそうだからな。どちらかというとこの国の平穏のために、ひとまずおとなしく言うことを聞いておこう)」

ダグラスは、上への階段を照らしながらルナを促した。

「国王がお目覚めになったら、すぐにお呼びいたします。それまでお部屋でおくつろぎください。……国王のご病状については、宮廷内でもほんの限られた人間しか知りませんので、どうぞご内密に願います」

地下室から出ると、城の一室へ案内された。

「こちらがあなた様のお部屋です。お世話役のメイドたちを配置しておりますので、御用があれば彼女たちに申しつけ、不必要な外出はお控えください。それでは」

ダグラスは念を押すように深々とお辞儀をすると、トーガの裾を翻(ひるがえ)して去っていった。

「ふう。どうもあの王弟、くせ者のようだな……ひとまず今は様子を見よう」

ルナは大きく息を吐くと、部屋の扉を開けた。

その途端、十人ほどのメイドたちの笑顔が出迎える。

「ああ、ディアナ様、おかえりなさいませ！　ご帰還を心からお待ちしておりました！」

「今日から私たちがお世話させていただきます、どうぞ何なりとお申し付けください！」

「なっ⁉　こ、こんなにいるのか⁉」

メイドたちは、驚くルナをはしゃぎながら部屋へエスコートする。

「まあ、なんてお可愛らしいの⁉　まるで絵画から抜け出てきたみたいだわ！」

「お目にかかるのは初めてですけれど、私たち、このお部屋で王女様のお世話をするのをずっと楽しみにしていたんです！」

「こんなに可憐なお姫様のお世話ができるなんて、私たちは幸せ者だわっ！」

ルナは喜びに浮き立つメイドたちにたじろぎつつ、困ったように眉を下げた。

「悪いが……私はディアナ王女ではないんだ。名はルナという。物心がついたときから孤児で、ここにいたはずはないんだが……ダグラス殿下が言うから仕方なく滞在することになったんだ」

「まあ、そんな……」

目を丸くするメイドたちに、ルナは頭を下げた。

「期待を裏切って、本当にすまない。誤解が解け次第すぐに城を去るから、私のことは放っておいてくれて大丈夫だ」

しかしメイドたちは、痛ましそうに胸を押さえる。

「ああ、お労(いたわ)しいディアナ様……賊に攫(さら)われたショックで、ご記憶が混乱していらっしゃるのね」

「い、いや、私は本当に……」

「事実はどうあれ、私たちは、あなた様のお世話をするように言いつかっておりますもの。全身全霊でお仕えします！」

「よろしくお願いしますね、ディアナ様っ！」

「わ、私は本当に王女ではないんだ。ドレスなど着たこともないし、宮廷の作法も分からない……そんな私のために、手を煩わせるわけにはいかない。本当に放っておいてくれて構わないから……」

するど、メイドたちの目に炎が燃え上がった。

「いいえ、あなた様がこの部屋に滞在されるというのなら、私たちがお仕えする主様であることには変わりありません！」

「お任せください、私たちが誇りをもって、きっと世界一のお姫様にしてみせます！　それが私たちに与えられた使命なのです！」

「この日をずっと楽しみにしていたのですもの、こんなに可憐な方がいらしてくれて、とっても嬉しいです！」

どうやらルナの控えめさと謙虚さが、かえってメイドたちのお世話したい欲に火を付けたらしい。

ルナは密かにため息を吐いた。

「(困ったことになったな……だが下手に断れば、彼女たちは仕事を失うことになるし、かえって迷惑が掛かるかもしれない……)」

覚悟を決めつつ、メイドたちに向き直る。

「皆の気持ちは分かった。だがせめて、私のことはルナと呼んでほしい」

「はい、ディアナ様――ではなくて、ルナ様がそうおっしゃるのであればっ！」

メイドたちは嬉しそうに目を輝かせた。

さっそくルナの世話に取りかかる。

「まずはお着替えしましょう！　この日のために、最高級のドレスや装飾具を取り寄せたのです！」

「⁉　ま、待ってくれ、私はこういう服が苦手で――うわぁ⁉」

「さあ脱がしますよ、両手を上げて――まあ、お肌がすべすべ！」

「なんて理想の身体なの！　綺麗に引き締まって、それでいてこんなに柔らかいなんて！」

「なっ、ど、どこ触って……んぅっ⁉」

「それに見て、この絹のような御髪！　月光みたいにきらきら輝いているわ！」

「あ、だ、だめだ、耳、くすぐった、い……くっ……⁉」

ルナは慣れない刺激に、身をよじって耐えた。

「（うう、抵抗したいがっ……彼女たちは自分の責務を果たそうとしているだけだ、もし私が拒否すれば、彼女たちが怒られることになるかもしれない……っ！）」

興奮したメイドたちによって、ルナはあっという間にドレスに着替えさせられていた。

細くて均整の取れた身体をふわりと可憐なドレスが包み、美しく流れる髪が整った顔立ちをさらに華やかに彩る。

繊細な意匠を施したティアラや控えめな装飾品が、ルナの洗練された魅力を引き立て、まるで極上の芸術品のようであった。

輝くばかりのルナの姿に、メイドたちが感嘆の声を上げる。

「まあ、なんて可憐で美しいの⁉　こんなに愛らしい姫君は見たことがありません！」

「ええ、ええ、間違いなく世界一の姫君です！」

「ああん、私たちの姫様がこんなに可愛いなんてっ！　早く社交界デビューなさらないかしら、世界中に自慢したいわ！」

「うう、動きづらい……それに、とてつもなく恥ずかしいのだが……」

ルナはうなじまで赤くなりながら呻(うめ)く。

メイドたちは、そんなルナの可愛らしさと魅力にすっかり虜(とりこ)になっていた。

「さあルナ様、お化粧もしてさしあげますねっ」

「い、いや、大丈夫だ――」

「もちろんそのままでも芸術品みたいにお可愛いですけれど、社交界に出るからにはさらに磨きをかけないと！」

「さあさあ、椅子にお掛けになって！」

メイドたちは有無を言わさずルナを取り囲み、その顔にうっとりと見入った。

「本当に、なんて整ったお顔なの？　お人形みたいに可愛くていらっしゃるわ……！」

「愛らしいお顔立ちを活(い)かすために、お化粧は薄めが良さそうですわね！」

「今流行の、薔薇(ばら)色の頬紅はどうかしら？」

「口紅は桜色がいいわ、きっとこの青い宝石のような瞳とよく似合うことよ！」

「うう……」

ルナは人形状態になりながら、熱い視線から目を逸らした。

「(どうにも慣れないが……下手に事を荒立てたくない、ここは大人しく受け入れるしかないか……)」

ついに観念してため息を吐く。

「……化粧をしなければならないのは分かった。だがせめて自分でやるから、手本を見せてくれないか？」

「えっ？」

ルナはすっと立ち上がると、一人のメイドの顎に指を掛け、優しく持ち上げた。

顔を近付け、真剣な目で覗き込む。

「る、ルナ様……!?」

唇が触れそうな距離で見つめられて、メイドがどぎまぎと頰を染める。

ルナはふっと柔らかく微笑み――

「なるほど……可愛いな」

「きゅん……！」

至近距離でルナの微笑を浴びたメイドはたちまち真っ赤になり、周囲のメイドたちからは黄色い声があがった。

「きゃーっ⁉　ずるいずるいわっ、私もルナ様に顎クイされたい～っ！」

「ルナ様、可愛いだけじゃなくてカッコいいなんて反則では⁉」

「ルナ様はお姫様で王子様だった……⁉」

メイドたちがきゃあきゃあと沸き立つ。

その時、黄色い声に驚いたように、メイドたちの足元を小さな影が駆け抜けた。

「キキ、キキキキッ！」

「きゃっ⁉　【マッド・マウス】だわ！」

部屋の中央に飛び出したのは、小さなねずみの魔物であった。

「キキーッ！」

「もう、また出たわねっ！」

「このお城は古い遺跡を利用しているから、よくどこからか潜り込むんです！」

「ルナ様、下がっていてください！　ここは私たちが――」

メイドたちがルナを守ろうとホウキやお盆を手にしてマッド・マウスに立ち向かう。

しかしマッド・マウスは俊敏に走り回り、メイドの一人に飛び掛かった。

「キキィイイイッ！」

「きゃっ……⁉」

『『流線』！」

ルナは瞬時にメイドを壁に押しつけて庇（かば）うと、腕に巻き付けていた糸を操り、マッド・マウスを窓の外に放った。

「キキーッ⁉」

ひゅーん、と窓の外に飛んでいくねずみを見送る。

「ふう。なかなか機敏な奴（やつ）だったな」

「えっ⁉　い、今何が起きたの⁉」

「ルナ様、一瞬で魔物を撃退しなかった⁉」

糸を目に捕らえることさえできなかったメイドたちがざわめく。

と、壁とルナの間に挟まれたメイドが、か細い声を上げた。

「あ、あの、ルナ様……ありがとうございます……」

ルナは腕の中で真っ赤になっているメイドに気付くと、目元を和らげた。

「ああ……怪我（けが）はないか？」

「ふ、ふぁい……っ！」

破壊力絶大な微笑みに、助けられたメイドはもちろん、それを見ていたメイドたちの表情まで蕩（とろ）ける。

こうして王城に着いて早々、ルナはメイドたちをさらに虜にしたのであった。

その後、宮廷作法の講座なども開かれたが、ルナは王女らしい身のこなしもすぐに身に付けた。

ルナがあらゆる作法をあまりにも爆速で身に付けていくため、メイドたちが唖然とする。

「ルナ様、物覚えが早すぎでは⁉」

「ふ、普通ならここまで習得するのに五年は掛かるのに……！」

「もう明日にでも社交界に出られます！　それどころか誰よりも完璧なお姫様です！」

「そ、そうだろうか？」

ルナは頰を掻いた。

「(まあ、暗殺者として上流階級の風習にも通じている必要があったからな。実践するのは初めてだが……)」

メイドたちは驚きつつも、楽しそうに講座を進めていく。

「次はダンスの練習ですね！」

「ルナ様は、ダンスのご経験はございますか？」

「いや、ないな。ただ、幾度か見たことはある。――少し付き合ってくれるか？」

「えっ、えっ」

ルナは一人のメイドの手を取った。

その腰を優しく抱き寄せ、足を踏み出す。

「見よう見まねだが……こうか？」

「ひゃぁ……!?」

ルナは赤くなるメイドを導いて、優雅に踊り始めた。

まるでおとぎ話のような麗（うるわ）しい光景に、周囲のメイドたちが息を呑（の）む。

「やだ、素敵……！」

「なんて洗練された動きなの！　踊ったことがないなんて、とても信じられない……！」

「でもルナ様、それは男性パートでは……!?」

「おっと、そうか。ふふ、こちらの方が性に合っているので、つい……やはり慣れないことはするものじゃないな」

はにかむルナに、そこかしこからうっとりとため息が漏れる。

「ああルナ様、なんて麗しいの……」

「お姫様としても充分すぎる素質をお持ちだけれど、王子様にもなっていただきたいわ……！」

メイドたちがすっかりルナの虜になっていると、部屋の扉が勢いよく開いた。

目を輝かせたメイドが飛び込んでくる。

「良い報せよ！　近々ルナ様のご帰還を祝って、お城で祝賀パーティーが開かれるそうですわ！」

メイドたちから歓声が上がった。

「まあ、お祝いの宴は久しぶりね！　今回はどんな演し物が見られるのかしら？」

「演し物？」

ルナの問いに、メイドたちが代わる代わる説明する。

「ええ！　ファルーク陛下は文化や芸術に造詣が深く、お祝い事の宴では、国で話題になっている劇団や吟遊詩人、流行の芸事などを募るのですっ」

「歌に演劇、曲芸などが披露され、とても華やかなのですよ」

「今回は何が見られるのかしらっ？　楽しみですね！」

「あ、ああ……そうだな」

ルナは戸惑いを隠しつつ頷くと、窓に目を馳せた。

窓に映る、着飾った自分の姿を見てため息を吐（つ）く。

「（祝賀パーティーか……レクシアの思いつきにちょっと付き合うつもりが、予想以上に大事になったな。……だが、確かにラステル王国が国の一大事に直面していることは間違いないらしい。それに国王陛下の病状も気がかりだ。……私に、少しでも力になれることがあればいいのだが……）」

地下室で見たファルーク国王の姿を思い出すと胸が痛んだ。

「（……それにしても、レクシアたちはどうしているだろう。無茶をしていなければいいが……）」

城の一室で、ルナは静かに思案を巡らせるのであった。

＊＊＊

その頃、城内の奥まった部屋。

「クク……ククク……」

王弟ダグラスの声が、陰鬱に響く。

「兄上が行方不明の娘に王位を継がせると言い出した時は焦（あせ）ったが……まさかうってつけの偽物（にせもの）が見つかるとはな。王女に瓜二つ（うりふた）の小娘、しかも孤児ときた。あれなら毒で朦朧（もうろう）としている兄上には、本物と見分けがつくまい」

ダグラスは、紫の小瓶を光にかざしながら低く笑った。

その小瓶には、ナユタ帝国時代の遺物である毒が入っている。その毒を飲んだ者は徐々に命を蝕（むしば）まれ、しかも現代の技術ではそれを毒と看破することは不可能であった。

ダグラスは兄ファルークにこの毒を盛り、恐ろしい計画を企てていたのだ。

「しかし兄上め、大人しく私に王位を譲ればいいものを……。まあいい。偽王女を利用してあの鍵を奪うことさえできれば、世界を手に入れたも同然――」

ダグラスの目が怪しく光る。

「――そう。伝説の古代兵器さえ手に入れることができればな」

ダグラスの声が興奮に上擦り、その足元をねずみが怯（おび）えたように駆け抜けた。

「そうなれば、偽物の王女など用済みだ。本物の王女と同じように【嵐の谷】に投げ入れて魔物の餌にしてくれるわ。クク、クハハハッ……！」

薄暗い部屋に、ひび割れた哄笑（こうしょう）が不気味に響いた。

第二章　サーカス

王城に連れて行かれたルナが、メイドたちを次々に虜にしていた頃。

「もう、あの門番ったら！　こんなに可憐な乙女たちを門前払いするなんて酷いわ！」

「うう、ルナさんがいないと心細いです……」

門番に追い払われたレクシアとティトは、王都を彷徨っていた。

レクシアは決意に燃える瞳で、城を振り仰ぐ。

「謎の陰謀が渦巻く王城に、たった一人……今頃ルナは、心細い思いをしているに違いないわ！　なんとしてでもお城に侵入して助けるわよっ！」

「あっ、レクシアさん！　この路地、お城の側面に回れそうです！」

「やったわね、ティト！　さっそく侵入経路を探すわよ！」

二人は侵入できそうな箇所を探して、細い路地に飛び込んだ。

しかし。

「ここはどこ⁉　お城は見えてるのに、全然近付けないわ⁉」

「あわわ、今まで地図を読むのはルナさんに頼りっきりだったから……！」

二人はひと気のない路地で右往左往していた。

王都には古代の遺跡が残っているせいか道がひどく入り組んでおり、そのため道に迷ってしまったのだ。

あっちに行ったりこっちに来たりを繰り返すが、その度に煉瓦の壁に阻まれる。

散々歩き回った挙げ句、見覚えのある十字路に出てしまった。

「あ、あれっ？　また同じ場所に出ちゃいました……変ですね、さっきからずっと同じ所をぐるぐる回っているような……？」

ティトが不安そうにきょろきょろと辺りを見回す。

薄暗い路地の底、レクシアが神妙な顔で呟いた。

「これってもしかして……私たち、恐ろしい迷路に迷い込んじゃったんじゃない⁉」

「め、迷路ですか⁉」

「きっとそうよ、これは古代文明の技術が使われている、呪いの迷路に違いないわ！　私たち、永遠にここから出られずに干涸らびていく運命なのよ……！」

「そ、そんな……！」

二人の顔が絶望に染まる。

その時。

「あれ？　君たちは……」

「えっ？」

「こ、この声は……」

聞き覚えのある声に振り向く。

そこには、国境沿いの街で出会った冒険者の少女――セレネが立っていた。

「せ、セレネ⁉／セレネさん⁉」

仲良く驚く二人に、セレネがフードの奥で微笑む。

「やあ、また会ったね」

「わあああ、セレネさん～～～～！」

「わっ！　ど、どうしたの？」

勢いよく抱き付くティトを、セレネは焦りつつ受け止めた。

「うわーん、このまま干涸らびちゃうかと思いましたぁ！」

「ひ、干涸らびる!?」

「まさかこんなに早く再会できるなんて！　会えて嬉しいわっ！」

「私もだよ。でも、こんなところで何をしているんだい？」

レクシアは遠く壁の向こうに見える城を仰いだ。

「私たち、道に迷っちゃったの。なんとかしてお城に入りたいんだけど……」

「お城に？　それはまたどうして？」

「ルナに会うためよ！」

すっかり元気を取り戻して胸を張るレクシアに、ティトが補足する。

「ええと……ルナさんはこの国の王女様だったらしくて、お城に連れて行かれちゃったんです」

「えっ!?　そんな、まさか……――！」

セレネが目を見開き、考え込む。

「……ああ、いや、そうか……そういうことか……！」

レクシアはその真剣な横顔を見つめた。

「セレネ、もしかして何か知ってるの？」

セレネはしばし思案していたが、何かを決めたように「うん」と頷いて顔を上げた。

レクシアたちをまっすぐに見つめ、深く被っていたフードを払う。

すると絹のような銀髪が零れ、整った顔と、優しく聡明な光を湛える青い瞳が露わになった。

その端整な顔立ちは、ルナに瓜二つであった。

「えっ⁉ セレネの顔……ルナにそっくりだわ⁉」

「えええええっ⁉ こ、こんなことって……⁉」

レクシアは驚きつつも、何かを思いだしたように手を打つ。

「あっ、そういえば最初に会った時も、ちょっとルナに似てるかしらと思ったのよね！ちらっとしか見えなかったけど！」

「ああ。私もルナさんに会った時には驚いたよ」

セレネは驚く二人に笑うと、フードで乱れた髪をかき上げた。

そして、凛と通る声で名乗る。

「本物の王女は私だ。私が、ラステル王国のディアナなんだ」

「「えーーえええええええええええええっ!?」」

衝撃の宣言に、レクシアとティトは跳び上がった。

「せ、せせせセレネさんが、本物のディアナ王女様!?」

「それってどういうこと!?」

「嘘をついていてすまない。セレネというのは敵の目を欺くための偽名で、本当の名はディアナという。正真正銘、この国の王女さ」

「て、敵の目を欺くためって……?」

するとセレネは拳を握り、振り絞るように口を開いた。

「……公的には、私は賊に攫われたということになっているらしいが……実際はそうではない。私は幼い頃、凶暴な魔物がはびこる【嵐の谷】に投げ捨てられたんだ──王弟ダグラスの手によってね」

レクシアとティトは青ざめた。

「そ、そんな……!?」

「ダグラスって、ルナを出迎えたあのお髭の男の人ね！　私とルナを引き離したんですもの、きっと悪い奴じゃないかと思っていたけれど、幼いセレネを魔物の巣窟に捨てるなんて、とんでもない悪党だわ!?」

「ああ……今も、私を谷に投げ入れた時のあいつの顔は、瞼の裏に焼き付いているよ」

セレネが辛い過去を噛みしめるように目を伏せる。

「でも、よくご無事でしたね……！」

「ああ。幸い、希少な植物を採取しに来ていた冒険者が私を拾って育ててくれたんだ。【燎原の魔女】と呼ばれる魔術師なんだけど……」

レクシアが目を丸くする。

「【燎原の魔女】って、とっても有名な冒険者じゃない！」

「レクシアさん、知ってるんですか？」

「ええ！　確か火属性魔法が得意な魔術師で、魔物の群れに襲われた時に、勢い余って辺り一帯を焼け野原にしたのよね⁉」

「こわい！」

ティトがしっぽを膨らませ、セレネが苦笑した。

「その通り。とんでもなく恐ろしい人で相当な変わり者だけれど、魔法の腕は飛び抜けていて、私にも魔法を教えてくれた。……少々スパルタだったけれどね。私はダグラスに見つからないよう、冒険者に身をやつして【燎原の魔女】と共に旅をしながら、城に戻る機会をうかがっていたんだ。……だが先日、父上――ファルーク国王が公に姿を現さなくなったと聞いて、何か良からぬことが起こっているのではないかと危惧し、城に戻る決意を固めたんだ」

レクシアが首を傾げる。

「ファルーク陛下が、姿を現さなくなった……？」

「うん。宮廷内の執務に追われているという話だけれど……辺境の町にも頻繁に視察に出向いていたほど国民想いの父上が、急に姿を現さなくなったのは不自然だ。私は、ダグラスが何か企んでいるのではないかと睨んでいる」

セレネは苦しげに胸を押さえて俯いた。

「……父上は、最愛の妻――母上を失ってからも、私を大切に育ててくれた。幼い私が行方知れずになった後、良き国王としてラステル王国を統治しながらも、今も深い哀しみに暮れていると風の噂に聞いていた……」

気丈な横顔に、苦痛に似た影がよぎる。

「ダグラスの目から逃れて旅をしながらも、父の心中を想うと、胸が引き裂かれそうだった……そんな中、父上が姿を現さなくなり、同時に国中総出で私を捜しているという噂が耳に入った。宮廷内で何かが起きていることは間違いない。おそらくダグラスが陰謀を巡らせて動き始めたのだろう……そう考えた私は、【嵐の谷】に捨てられたあの日以来、久方ぶりにラステル王国に帰ってきたんだ」

「あっ、じゃあ、この迷路にいるのも……⁉」

「うん、城を偵察するためだよ」

「そ、そうだったんですね……！」

次々明かされる真実に、ティトが呆然と呟く。

レクシアがふと首を傾げた。

「そういえば、その【燎原の魔女】は、今どうしてるの？」

「ああ、育て終えた私のことは放っておいて、一人で冒険を続けているよ。あの人のことだから、元気にしているだろう」

「ほああ、そうなんですね……」

ティトが呆けたように呟いて、猫耳を伏せた。

「でも……それじゃあ、ルナさんは本物の王女様じゃなかったんですね」

その言葉に、レクシアははっと身を乗り出した。

「そうよ！　ダグラスは、既に王女はないものと思っている……それなのによく似たルナをお城に招いたということは、きっとルナを何か良からぬことに利用するつもりなんだわ！　ルナの身が危ないわ、急いで助けなきゃ！」

「ああ。ルナさんを見た時、確かに似ているとは思ったけれど、まさかこんなことになるなんて……。巻き込んでしまってすまない。私が必ずルナさんを助け出すから、君たちはそれまでどこか安全な場所で待っていて――」

しかしレクシアは首を横に振った。

「ただ待っているなんてできないわ、ルナは大切な仲間ですもの。私たちもセレネと一緒に、お城に乗り込むわ！」

「でも、君たちを危険にさらすわけには……」

セレネがレクシアたちの身を案じて戸惑う。

しかしレクシアは眩い金髪を払うと、不敵な笑みを浮かべた。

「大丈夫よ。私たち、これまでたくさんの困難をくぐり抜けてきたんだから！　サハル王国で伝説のキメラを倒したり、ロメール帝国で氷霊をやっつけたりね！」

「なっ⁉　ま、まさかそんな……！　それは本当なのか⁉」

「本当です！　あとは七大罪を倒したり、世界を呑み込む噴火を阻止したりしました！」

「えええええええ⁉」

セレネは唖然と目を瞠る。

「こ、このところ立て続けに国や世界を救っているとんでもない英雄がいるとは小耳に挟んでいたが、君たちのことだったのか……⁉ でもたった三人の女の子が、どんな優秀な軍隊でさえ及ばない偉業を成し遂げるなんて……伝説級のアイテムの数々を持っていたことといい、一体何者なんだ……⁉」

呆然とするセレネに、レクシアは片目を瞑った。

「実は私、アルセリア王国の王女なの！」

「なんだって⁉」

「あっ、そういえば私とセレネは王女様仲間になるのね。よろしくねっ！」

「う、うん、よろしく……い、いや、なぜ一国の王女様が、近衛隊も連れず旅をしているんだ⁉」

「世界を救うためよ！ 私たち、困っている人を助けたくて旅に出たの！」

セレネが目眩を覚えたように後ずさる。

「い、一国の王女様が⁉ 女の子三人だけで⁉ よく今まで無事で……でもサハル王国のキメラや七大罪なんて、どうやって倒したんだ……⁉」

するとレクシアは誇らしげに肩をそびやかした。

「ふふふ、私たちに恐いものはないわ。なんたってティトは『爪聖』のお弟子さんなんだもの！」

「『爪聖』⁉　そ、それはおとぎ話に出てくる『聖』のこと⁉」

セレネの驚愕に染まった視線の先で、ティトはしっぽを揺らした。

「はい！」

「こ、こんなに可愛い獣人の女の子が、世界最強の一角を担うという『聖』のお弟子さんだって⁉」

「えへへ、照れちゃいます」

セレネは、猫耳をぱたぱたさせて照れるティトを信じられないように見つめた。

そこにレクシアが追い打ちを掛ける。

「さらにさらに、ルナは凄腕の暗殺者『首狩り』なのよ！」

「『首狩り』⁉　待ってくれ、理解が追いつかない……！」

セレネは額を押さえた。

「『首狩り』の噂は私も聞いたことがある……虫一匹通さない厳重な警備さえかいくぐり、どんなに難しい任務も成し遂げる、神の業を持つと言われた、あの『首狩り』……⁉」

「そう、その『首狩り』！　でもルナは私の暗殺で初めて失敗して、それ以来私の護衛になったんだけどねっ！」

「どういうこと⁉　レクシアさんは自分の命を狙った暗殺者を護衛にしているの⁉」

「そうよ！」

「どうして⁉」

「とっても強いし、とっても可愛かったから！」

誇らしげに胸を張るレクシアに、ついにセレネが頭を抱える。

「うう……一国の王女様が世界を救う旅に出て、その王女暗殺に失敗した元凄腕暗殺者が今は王女様の護衛で、さらにその仲間が世界最強の一角を担う『爪聖』の弟子で、たった三人でいくつもの国や世界を救って……⁉」

「あら、セレネが動かなくなっちゃったわ。大丈夫かしら？」

「じょ、情報量が多すぎたんでしょうか……？」

混乱しているセレネを安心させるように、ティトが声を掛ける。

「あのっ、だから大丈夫です、私たちも戦えますから！　セレネさんの護衛だって任せてください！」

「あ、ああ……いや、それには及ばないよ」

セレネはようやく我に返った。

腰の古びた剣に触れる。

「私にも戦う術はある。いつかダグラスと対峙する日のために、独学で剣術を身に付けたんだ。そして【燎原の魔女】仕込みの魔法と併せて、独自の剣術――魔法剣を編み出した。この剣で【ミスリル・ボア】を倒したこともあるよ」

「ええっ⁉　熟練の冒険者でも傷さえ付けることができないミスリル・ボアをですか⁉」

「すごいわ、そんなすごい術を独学で編み出しちゃうなんて！」

セレネはにかむと、細い手を差し出した。

「でも、正直一人では心許なかったんだ。ぜひ君たちの力を貸してもらえたら嬉しい」

「もちろんよ！　よろしくね、セレネ！」

「よろしくお願いしますっ！」

三人は固い握手を交わした。

レクシアは煉瓦の壁越しに見える城を仰ぐ。

「ダグラスが何か企んでいると分かったからには、急いでルナを助けに行きたいけど……問題はどうやってお城に入るかね。セレネの正体を明かすわけにもいかないでしょうし」

「そうだね。ダグラスの陰謀を暴くためにも、私の正体はまだ伏せておきたい。何より私の存在を知ったダグラスが、どんな強硬手段に出るか分からないからね」

「むむむ……なんとか事を大きくせずに侵入する方法はないかしら」

城を睨むレクシアの視線を追って、ティトが猫耳を伏せる。

「あのお城、遠くから見ただけでもすごく頑丈そうですね……」

「うん。あの城は古代文明の遺跡を改造して作られているんだ。私も一通り外観を見てみたけれど、かなり堅牢な上、古代文明の技術を用いた防衛機構を備えている可能性が大きい。不法に侵入するには危険が大きすぎるね」

「ぼ、防衛機構、ですか……？　それじゃあやっぱり、こっそり潜り込むのは難しそうですね……」

落胆するティトだが、レクシアは腰に手を当てて不敵に口を開いた。

「それなら、残る方法はひとつよ！　やっぱり正々堂々、城門から入るしかないわね！」

「ええっ⁉　でも、また追い払われちゃうんじゃ……」

「大丈夫よ、なんとか口実を探しましょう！　もしくはロメール帝国の時みたいに、変装して侵入する方法もあるし！　とにかく、ここでこうしていても仕方ないわ。まずはこの迷路を出て、街で情報を集めましょう！」

「同感だ」

こうして三人は、街に出るべく歩き始めたのだが――

「出られないわ⁉」

一行は再び立ち往生していた。

どんなに歩いても、やはり同じ十字路に戻ってきてしまうのだ。

「どの道を選んでも、ここに戻ってきちゃうわ!?　やっぱり古代文明の呪いなの!?」

「あわわわ、このままみんなで干涸(ひから)らびるしかないんでしょうか……!?」

恐慌(きょうこう)寸前に陥るレクシアとティト。

すると、セレネが壁に触れて呟(つぶや)いた。

「これはもしかすると……」

「！　セレネ、何か気付いたのっ？」

「うん。どうやら、この壁は動いているみたいだ」

「ええっ!?」

「念のためチョークで壁に印を付けておいたんだけれど、明らかに位置が変わっている。おそらく古代文明の技術だろう、不法に城に近付く人間を永遠に取り込む仕掛けだね」

「古代文明ってすごいわ!?」

「で、でもそれだと、間違って足を踏み入れちゃった街の人まで取り込まれてしまうんじや……!?」

「偶然迷い込んでしまった者はすぐに出られるよう誘導し、それでも明確な意図を持って城に近付く人間は奥まで誘い込んで閉じ込める、という設計になっているんだろう」

「すごい技術ね！　アルセリア王国にも導入したいわ、お父様やオーウェンを撒くために使えそうだもの！」

「お、お父上を撒くために古代文明の技術を使うつもりなのかい⁉」

「あわわわ、そんなすごい迷路、どうやって抜ければ……」

ティトはおろおろと辺りを見回し――はっと上を見上げる。

「あっ、そうだ、壁の上に登れば……！」

「ちょっと待って」

セレネはティトを制すると、石を拾って壁の上に投げた。

すると。

チュインッ！　バシュッ！

壁の上から光線が放たれ、石が一瞬にして蒸発した。

「「え、ええええええええええ⁉」」

思わず絶叫するレクシアとティト。

「なるほど。迷路を彷徨って餓死するならばそれで良し、もし強引に逃げるなら始末するというわけか」

「なんて悪趣味なの⁉」

「あわわわわ、黒焦げになるところでした……！」

青ざめる二人の横で、セレネが剣を抜いた。

「上からの脱出は不可能……だが幸い、壁そのものの強度はそれほどでもないようだ。少し強引だけれど、突破させてもらおうか」

「え？　な、何を……──」

セレネが剣に手をかざす。

すると鋼の刃に赤い刃紋が浮き出て、刀身が燃え上がった。

「あわわ⁉　剣が炎に包まれました……⁉」

「こ、これは一体……⁉」

「これが魔法剣だ。少し離れていて。……街の方角はこっちだな」

セレネは壁に向かって、燃えさかる剣を振りかぶる。

そして。

「『火斬衝』っ！」

セレネが鋭く剣を振り抜く。

すると炎の斬撃が放たれ、幾重もの壁を突き抜けた。

ズバアアアアアアアアアアアアアアッ！　ガラガラガラガラッ！

「え……ええええええええ⁉」

「す、す、すごいです……！」

出口まで綺麗に切り取られた跡を見て、レクシアとティトが目を丸くする。

セレネは燃える剣を太陽にかざした。

「この剣は、ナユタ帝国時代の技術が使われている特殊な剣でね、魔法の属性を付与することができるんだ。……昔、【燎原の魔女】が二束三文で買った怪しい土産物だったのだけど、どうやら本物の遺物だったらしい。おかげで呪文を唱えることなく、斬撃として魔法を放つことができる」

セレネが剣を払うと、刀身を覆っていた炎が消え去る。

「す、すごいわセレネ、まさかこんなに強いなんて……！」

「魔法剣、とってもかっこよかったです！」

「ふふ、ありがとう。そう言ってもらえると、修行した甲斐（かい）があったよ」

レクシアが切り取られた穴をくぐりながら、感涙にむせんだ。

「やったわ！　これで呪いの迷路から生還できるのね！」

「ふわあああ、もうだめかと思いました……！　それにしても動く迷路なんて、すごい技術ですね！」

「本当ね！　でも、なぜこんな高度な技術を持っていたナユタ帝国が滅んでしまったのかしら？」

レクシアの疑問に、セレネも小首を傾（かし）げる。

「それは今でも謎なんだ。滅亡は本当に突然だったらしくて、数少ない文献にも『謎の大災厄によって一夜の内に全てが失われた』としか残されていなくてね」

「大国が一夜で滅亡するなんて、そんなことあり得るのかしら？」

「まあ、あくまで逸話や伝説の類いだからね。かなり脚色されているんだろう」

そんなことを話しながら、三人は壁の穴を抜けて迷路の出口を目指すのであった。

＊＊＊

そして三人は無事に迷路を抜け、小さな通りに出た。

すっかり元気を取り戻したレクシアは、意気揚々と王都の中心部を指さす。

「さあ、さっそく情報を集めましょう！」

中心街に向かうべく雑踏を歩く。

赤煉瓦の通りは狭く、けれど活気に満ちていた。

子どもたちが賑やかに追いかけっこをし、大きな荷物を背負った商人が、道行く人々に食材を売り歩いている。

頭上では、窓から窓へと渡された縄に洗濯物がはためいていた。

セレネが嬉しそうに目を細める。

「これがラステル王国の王都か……この地で育ったとはいえ、こうして小さい路地に入るのは初めてだ。平和で牧歌的な、いい街だね」

「そういえば、セレネは幼い頃以来、初めて王都に戻ってきたのよね！」

「うん。小さい頃は父上の視察について回っただけだからね、こうして間近で街の人たちの営みを見るのは新鮮だよ」

「あら、お忍びで王都を散策するのは王族のたしなみよ！」

「そ、そういうものなの？」

そんな会話を交わしながら歩いていると、不意に強い風が吹いた。

「あっ！」

頭上で悲鳴が上がる。

見上げると、二階の窓で洗濯物を干そうとしていた少女が、飛ばされた洗濯物を捕まえようとして体勢を崩し、窓から投げ出されるところだった。

「大変だわ！」

「あの子は私が！　ティトさん！」

「分かりました！」

周囲の人が悲鳴を上げる中、セレネが瞬時に駆け寄り、落ちてきた少女を抱き留めた。

一拍遅れて落ちてきたぬいぐるみや本、ランプや小物を、レクシアが慌てて受け止める。

その間に、ティトは壁を蹴って跳躍すると、風に攫（さら）われて飛んでいく洗濯物をあっという間に集めた。

「ふう。怪我（けが）はないかな、お嬢さん」

「う、うん！　ありがとう、お姉ちゃんたち……！」

少女が頬を染めながら三人を見上げる。

「ふふ、無事で良かったわ！」

「お手伝い、とっても偉いですね！」

一部始終を見ていた人々から、わっと拍手がわき起こった。

「お嬢ちゃんたち、すごいねぇ！」

「この子を助けてくれてありがとうよ！」

「良かったらこのパンを持っていっておくれ！」

歓声と共に、賞賛と謝礼の品が贈られる。

セレネがふと、少女の洗濯物に目を留めた。

「ん。まだ濡れていて重そうだね。良かったら乾かそうか」

「えっ、そんなことできるの？」

「うん。洗濯物を空中に放り投げてみてくれるかな？」

「う、うん、わかった……！」

「一緒にやりましょう、せーのっ！」

少女はレクシアとティトの手を借り、空に向かって洗濯物を放り投げる。

「──『紅風』！」

セレネは洗濯物に向け、燃える剣を軽く振るった。

すると熱風が渦を巻き、乾いてふかふかになった洗濯物がカゴの中に積み上がる。

少女が目を丸くした。

「えっ！　い、今のはなに……⁉」

「わあ、すごいです、洗濯物があっという間に乾いちゃいました！」

「こんなことまでできるのね、セレネ！」

「うん、この魔法剣は旅でも重宝しているよ。本来は【アイアン・ニードル】さえ融かす威力があるから、少し調整が必要だけれどね」

「あのアイアン・ニードルを⁉」

町人たちが感心したように三人を褒めそやす。

「本当にすごいわねぇ、あんなに離れていた所から走ってきて受け止めちゃうなんて！」

「獣人の子も、どうやったらあんなに高く跳べるんだ？」

「それに燃える剣なんて初めて見たよ！」

「もしかして、何かの曲芸団かい？　今度の御前公演、お声が掛かるといいね！」

「御前公演？」

唐突に飛び出した単語に、レクシアが首を傾げる。

すると町人たちが親切に説明してくれた。

「おや、知らないのかい？　近々、ディアナ王女のご帰還を祝って、お城で祝賀パーティーが催されるそうなんだよ」

「ラステル国王のファルーク様は、文化や芸術に造詣が深くてねぇ。お祝い事の際には、国中から優れた芸術家や演奏家、話題になっている劇団や見世物などを招いて、宴に花を添えるのが習わしになっているんだ」

「今回はどんな団体が選ばれるのか、王都中その噂で持ちきりよ。待望のディアナ王女ご帰還のお祝いですもの、きっと華やかになるでしょうねぇ！」

「へえ、素敵ですね！」

ティトが楽しげに耳をぴんと立て、レクシアがセレネに囁く。

「セレネのお父様って、芸術がお好きなのね！」

「うん。私も幼少の頃は、よく父上の膝の上で歌や演劇、曲芸などを楽しんだものだよ」

一行は、町人たちと手を振って分かれた。

「本当にありがとう、お姉ちゃんたち！」

「もし公演をする時には呼んでおくれ！　応援するよ！」

ティトが手を振り返しながら笑う。

「みなさん、優しくていい人たちですね！」

「うん。王都のみんなが幸せそうで、私も嬉しいよ」

「それにしても、もらったパンおいしそうですね、レクシアさん――あれ？」

ティトはレクシアを振り返った。

レクシアは立ち止まり、真剣な顔で何か考え込んでいる。

「レクシアさん？」

声を掛けると、レクシアが勢いよく顔を上げた。

「これだわ！」

「はわっ⁉　ど、どうしたんですか⁉」

「何か思いついたのかい？」

驚くティトとセレネに、レクシアは片目を瞑った。

「サーカスよ！　私たちでサーカス団を結成して、お城に潜り込むのよ！」

「「え、えええええええ⁉」」

ティトとセレネが目を白黒させる。

「それってもしかして、さっきの御前公演のお話ですか⁉」

「サーカス団として、正面から王城に入るということか……⁉」

レクシアは自信満々に肩をそびやかせた。

「そう！　ティトもセレネもとってもすごい特技があるんだから、うってつけだわ！　何より私たちってとっても華があるし、きっとすごい演し物ができると思うの！」

「る、ルナさんがいたら、『華があるって自分で言うか……？』ってツッコんでるところです……！」

あまりにも大胆な計画に、しかしセレネは戸惑いつつも頷いた。

「……なるほど、名案かもしれない。サーカスなら、剣や大きな荷物を持ち込んでも小道具だと誤魔化せるしね」

「な、なるほどです……！」

「ただし、今からではかなり話題を集めないと、王城からの声は掛からないと思うけれど……？」

セレネの問うような視線に、レクシアは迷うことなく請け合った。

「私たちなら大丈夫よ！　とっておきの作戦もあるし！」

「作戦、ですか？」

「ええ！　というわけで、さっそく『わくわくキラキラサーカス団』、活動開始よ！」

「わ、『わくわくキラキラサーカス団』!?」

「もう名前が決まってました……！」

こうしてレクシアたちは、御前公演を目指してサーカスに挑むことになったのだった。

＊＊＊

ルナが王女として城に迎え入れられた日から、一夜明け――

ルナは窓辺に立って、城の敷地に目を馳せていた。

「（昨日と今日で、見張りや警備が手薄なところはおおよそ把握できた。だが、自動で開く扉や動く床など、古代文明の技術がそこかしこに見られるな。あの技術が警備に応用されているかもしれないと考えると、あまり下手な動きはできない。いつでも抜け出せると思っていたが、予想外に手こずりそうだな。……それにしても、レクシアたちはどうしているだろう？　何も問題を起こしていないといいんだが……）」

黙して思考を巡らせるルナを、メイドたちが遠巻きに見守っている。

「ルナ様、何か悩んでいらっしゃるのかしら……」

「ああ、憂いを帯びた横顔も素敵……」

「ハッ、ただ見とれているだけではダメよ！　いかに完璧なルナ様とはいえ、お勉強やお姫様修業でお疲れに違いないわ！　ほぐしてさしあげなくては！」

メイドたちはオイルを手に、ルナに殺到した。

「ルナ様、マッサージをしてさしあげますわっ！」

「え？　い、いや、そんな気遣いは不要だ――」

「ご遠慮なさらず！　さあ、お脱ぎになって！」

「頼むから私の話を聞いてくれ⁉　うわぁぁぁっ⁉」

ルナは抵抗虚しくドレスを脱がされ、寝台に横たえられた。

無防備な姿になったルナを、メイドたちが取り囲む。

「このマッサージオイル、サハル王国から仕入れた一級品ですのよ」

「さあ、力を抜いて、私たちに身を任せてください」

「ほ、本当に必要ないから――んぅっ⁉」

「まあ、ルナ様のお肌、とってもすべすべ！　滑らかで吸い付くようだわ！」

「それに雪みたいに白いわ！　何を食べたらこんなに綺麗になるのかしらっ？」

「ううっ、く、くすぐったい……！」

「次は太ももですよ！」

「うふふふ、ルナ様、お覚悟～！」

「ひぁぅっ⁉　も、もう、やめて、くれ……っ！」

「ねえ、聞いた⁉　なんて可愛い声なのっ⁉」

「ふふ、ルナ様はくすぐったがりなのですね」

「ああ、この魅惑の弾力と手触り、ずっとこうしていたいわ……！」

「あっ、ど、どこ触って……んっ……！　だめだ、そこはっ……！　あ、ぁっ……⁉」

ルナはメイドたちによって隅々まで揉みほぐされて、ぐったりと横たわった。

「うう……か、かえって疲れたような……」

そんなルナとは反対に、メイドたちはうっとりと余韻に浸っている。

「はあ、ルナ様とっても可愛かったわ……」

「こんなに可愛らしくてカッコいい方をお世話できるなんて、役得だわ～！」

「ルナ様、次回はお花の香りのマッサージオイルを取り寄せますね！　きっとお気に召していただけるかと！」

ルナは服を整えつつ身を起こした。

「い、いや、私は王女ではないし、そんなに世話をしてくれなくて良いんだが……それより何もしないのも落ち着かないし、私がするべきことはないのか？」

「え？　ええと……午後からはお茶会の作法のお勉強ですけれど、ルナ様ならきっとすぐに覚えてしまいますわね」

「ええ、昨日もダンスに乗馬、刺繍など一通りお勉強しましたが、一度見ただけで完璧にこなされていましたもの！」

「白馬を華麗に乗りこなすルナ様、とても涼やかで凛々しくて素敵でした……！」

「そう言ってもらえるのはありがたいのだが、勉強の他に、手伝うことなどは……」

「いいえ、とんでもございません！」

「ルナ様は快適にお過ごしいただければそれでいいのです！」

「だが、動いていないと落ち着かないんだ」

「ですが……」

その時、廊下から怒鳴り声が聞こえてきた。

「貴様、何度言ったらわかるのだ！」

「！　何だ？」

「ダグラス殿下の声だわ」

メイドたちと共に、そっと扉を開けて覗く。

するとダグラスが長い鞭を手に、兵士を叱りつけているところだった。

「兄上はお忙しいのだ、兄上への報告は全て私を通せと言っているだろう！　また鞭で打たれたいのか⁉」

「い、いえ！　申し訳ございません……！」

　息を殺し、そっと扉を閉める。

　メイドたちが眉を顰めた。

「ダグラス殿下、今日もご機嫌が悪くていらっしゃるわね……」

「ファルーク陛下が執務のために引きこもってから、ずっとあの調子よ。自分のお城みたいに振る舞って、嫌になっちゃう」

「それにしたって、いつにも増してぴりぴりしてるわね……もしかして、何か良からぬことでも企んでいるんじゃないの？」

「良からぬことって何よ？」

「たとえば……ファルーク陛下がお忙しくしている隙に、こっそり古代兵器をかすめ取ろうとしているとか」

　いたずらめいた口調で放たれたその言葉に、ルナはぴくりと反応した。

「古代兵器とは？」

　するとメイドたちは笑いさざめいた。

「ふふ。ラステル王国に伝わる、ただのおとぎ話です」

「この国には、強大な古代兵器が眠っていると言われているのです。なんでも世界をも滅ぼす力を持った恐ろしい兵器で、その古代兵器を起動させる鍵は代々の王に受け継がれ、どんなに近しい臣下にさえ秘匿にされているとか。……まあ、どこの国にもあるような、子どものための作り話ですけれど」

メイドたちが談笑する中で、ルナは一人考え込んだ。

「古代兵器か。もし本当だとしたら恐ろしい話だな……」

とりとめのない話を打ち切るように、メイドが手を叩く。

「そうだ！　それよりも、祝賀パーティーの準備を進めなくては！」

「ルナ様が主役なんですもの、とびきりおめかしをしましょうね！」

「どんなお化粧がいいかしらっ？　ドレスや装飾具との相性も考えなくてはね！　さっそく合わせてみましょう！」

「い、いや、私はやはりドレスや化粧はあまり――う、うわーっ！」

この日も、ルナはメイドたちによって着せ替え人形にされるのであった。

メイドたちの賑やかな声は部屋の外まで響いており、ダグラスの耳にも届いた。

「……ふん。何も知らずに暢気なことだ。せいぜい浮かれているがいいさ」

ダグラスはそう吐き捨てて、唇を嘲笑に歪めるのであった。

＊＊＊

一方、その頃。

「あのっ、確かサーカスをするっていうお話だったんじゃ……!?」

びゅうびゅうと吹きすさぶ風雨に負けないよう、ティトが叫ぶ。

空を覆う暗雲。左右に切り立つ絶壁。そして、岩場の陰から無数に光る魔物の目。

レクシアたちは、凶悪な魔物がはびこる【嵐の谷】に来ていた。

「そうよ、サーカスをするの！　だからここに来たのよ！」

「『だから』の意味が全く分からないのだけど……!?」

明るく声を張るレクシアに、セレネが叫び返す。

そんな三人目がけて、巨大なサソリが飛び掛かった。

「キシャアアアッ！」

「！　『紅蓮斬(ぐれんざん)』ッ！」

ザシュウッ！

セレネは飛び掛かってきたサソリを一刀の元に切り伏せた。

「ギギ、ギ……！」

「すごいわ、セレネ！　とっても強いのね！」

「後ろに下がっていて、レクシアさん」

セレネは不気味に光る魔物の目を睨みながら剣を構えた。

「レクシアさんが『強い魔物がいるところに案内してほしい』というから連れてきたけれど……ここは世界有数の危険地帯なんだ。常に嵐に覆われていて、生息している魔物も凶悪だ。私の育ての親――【燎原の魔女】さえ、生きて帰るだけで精一杯だったと言っていたぞ……！　こんな危険な場所に、一体なんの用が……⁉」

セレネの言う通り、【嵐の谷】は息が詰まるほどの風がごうごうと吹きすさび、大粒の雨が横殴りに叩き付けていた。

重く垂れ込めた雲の合間に稲妻が走る。

そして三人の周囲には、この過酷な環境と激しい生存競争を生き抜いた獰猛な魔物がひしめいていた。

今にも襲いかかってきそうな魔物たちへと身構えながら、ティトがしっぽを震わせる。

「そ、それにセレネさんの話だと、【嵐の谷】には、魔物の頂点に立つ恐ろしい主がいるっていうことでしたが……⁉」

「そうよ！　その【嵐の谷】の主に用があるの！」

「「え、えええええ⁉」」

レクシアは激しい嵐もものともせず、不敵な笑みを刻んだ。

「大丈夫よ、私に考えがあるの！　『わくわくキラキラサーカス団』の未来は私たちの肩に掛かっているわ……とにかく谷の主が出てくるまで、頑張って戦ってちょうだい！」

「うう、何がなんだか分からないですが、やるしかないですね……！」

「そうだね、こうなったら、とにかく目の前の敵を倒すのみだ！」

「レクシアさんは安全な場所に隠れていてください！」

獰猛な魔物の群れに狙いを定めて、ティトとセレネは地を蹴った。

＊＊＊

「【天衝爪(てんしょうそう)】ッ！」

ズバアアアアアアッ！

「ギャアアアアアアアア⁉」

ティトは爪を下から上へと振り上げた。

凄(すさ)まじい斬撃に、魔物が黒い塵(ちり)と化して吹き散らされていく。

ティトは油断なく辺りを警戒しながら、吹き付ける雨に手をかざした。

「うう、雨で視界が……！」

その時、岩陰から見守っていたレクシアが叫んだ。

「ティト、危ない！」

「！」

ティトの死角から、銀色に光る球体が突進してくる。

「キシャアアアアアアッ！」

「わわわっ⁉」

ティトはとっさに身体（からだ）を投げ出して避けた。

ドゴオオオオオオオオッ！

球体は高速回転しながら、ティトの背後にあった岩を粉砕する。

「な、なんて威力なの……⁉　あれは一体……⁉」

「ギギ、ギ……！」

銀色の球体が解け、平べったい獣の姿になった。

ティトを睨み、小さな目を怒りに燃やして獰猛に唸（うな）る。

「キシャアアアアア……！」

「【ミスリル・ニードル】……！」

それは巨大な豪猪（やまあらし）であった。

背中に長大な針がびっしりと生えており、針そのものが強靱（きょうじん）な武器であると同時に、針の下には鋼の皮膚を備え、装甲の役目を果たしている。

攻撃と防御の両方を兼ね備え、一流の冒険者でさえも手こずる厄介な相手であった。

「ギシャアアアアアア！」

豪猪は再び身体を丸めると、高速回転しながら弾丸のような速度で迫ってきた。

「はっ！」

ティトは立ち上がるなり跳躍する。

豪猪の頭上に躍り上がると、身を捻（ひね）って力の奔流を叩き付けた。

「力比べなら負けません！【雷轟爪（らいごうそう）・極】っ！」

ドゴオオオオオオオオオオオッ！

「キシャアアアアアアアッ⁉」

凄まじい力を秘めた光の柱が、豪猪を直撃する。

しかし、身体を覆う針は何カ所か欠損しているものの、ダメージは浅いようだった。

「ギギギギ……！」

「そんな！　ティトの攻撃に耐えるなんて……！」

レクシアが青ざめる。

ティトの雷轟爪は、鋼の塊でさえ一撃で粉砕するほどの威力を誇っている。しかし豪猪は、回転することで攻撃そのものを受け流したのだ。

「一体どうしたら……！」

「大丈夫です、これで攻略法が分かりました！」

「ええっ!?　あんな硬い相手にどうやって……！」

ティトは耳をぴんと立て、五感全てを豪猪に向けた。

呼吸を整えて、低く身構える。

「ふーっ……！」

「キシャアアアアアアア！」

豪猪が激しく回転し、泥を巻き上げながら迫る。

しかし。

「見、え、ました！　これでとどめです――」

ティトは衝突する寸前で避けると、すれ違いざま爪を突き出した。

「【点穴爪(てんけつそう)】ッ！」

針が欠損した箇所を狙って、爪の先で、トンッ！　と一点を突く。

――刹那。

「ギ、ギ……!?」

ピシッ！　ピシピシピシッ……！

鋼の装甲に亀裂が入った。

一瞬の後、甲高い音と共に全身が砕け散る。

バギイイイイイイインッ！

「ギギィィィイイイ……ッ！」

豪猪は黒い霞(かすみ)と化し、激しい風雨に洗われて跡形もなく消え去った。

レクシアは思わず岩陰から飛び出す。

「すごいわ、ティト！　いつの間にそんな技を身に付けたの⁉」

「えへへ。この間のハルワ島でのお師匠様との特訓で、相手をよく観察することを学んだんです！　そうしたら、相手の弱点が見えるようになりました！」

「どんどん成長してるのね！　きっとグロリア様も鼻が高いわ！」

ティトはレクシアにひとしきり撫で回されて元気を充填すると、次なる魔物へと飛び掛かった。

「さあ、どんどん行きますよ！」

＊＊＊

一方、セレネは黒い狐のような魔物の群れに対峙していた。

「ヴヴ、ヴ……ガアアアアアッ！」

「『火斬衝』！」

なだれかかる群れに向かって、炎を纏った剣を振り抜く。

すると凄まじい炎が衝撃と化して魔物の群れを突き抜けた。

「ガアアアアアアアアアア……！」

先頭から後方までまとめて切り刻まれ、黒い骸が山となって積み重なる。

「ふう、こんなものかな」

「セレネ、かっこいいわ！」

「ありがとう。そう言ってもらえると、鍛えた甲斐があったよ」

セレネはレクシアを振り返って笑い——その顔が引き攣った。

「レクシアさん、危ない！」

「え？」

レクシアの背後から、黒い影が躍りかかったのだ。

「ガアアアアアアアアアア！」

「ふッ！」

キィンッ！

セレネは間一髪、襲いかかってきた影を剣で弾く。

獣はしなやかに着地すると、真っ赤な両の目でセレネを睨み付けた。

「グルルルル……！」

「【ヘル・パンサー】……！」

それは邪悪な斑模様を持つ豹だった。

強靱な牙でミスリル級の防具さえも噛み砕くことから盾兵殺しの異名を取る魔物で、ヘル・パンサー一頭に近隣の村が全滅させられたという恐ろしい逸話を持つ。

柄を握るセレネの手に力が籠もった。

「あの時、真っ先に私を食い殺そうとしたのもお前だったな……！」

かつてダグラスの手によって【嵐の谷】に投げ捨てられた時、セレネはこの魔物の牙に掛かって生涯を終えるはずだった。

すんでのところで【燎原の魔女】に助けられ、以来セレネは自らの運命を切り開くため、血の滲むような修行を己に課してきたのだった。

「グルルルル……！」

「悪いけれど、あの時の私とは違うんだ――『紅蓮斬』！」

セレネは巨大な豹を両断すべく、剣を振り降ろす。

しかし豹は瞬時に跳躍して、神速の一刀を回避した。

断崖を縦横無尽に駆け巡り、再びセレネに襲いかかる。

「ガアアアアアアッ！」

「無駄だ！」

ガキィンッ！

ぎらりと光る牙を、セレネは燃える刀身で受け止めた。

「グルルルル……！」

豹は炎も厭わず、刃を砕こうと牙を立てる。

刀身が軋むみしみしという音に、レクシアが青ざめた。

「セレネ、一旦退いて！　力比べじゃ叶わないわ！」

しかしセレネは口の端に笑みを刻む。

「心配いらないよ……このまま最大火力で押し切るッ！　『獄炎柱』！」

セレネが吼えると、刀身を包む炎が勢いよく燃え上がった。

「グァウ⁉」

「そこだ！」

ズバアアアアアアアッ！

怯んだ豹を下から上へと切り上げる。

迸った獄炎が柱となって噴き上がり、豹を呑み込んだ。

「ガアアアアアアアア……ッ！」

「やったわ！」

しかし豹は、炎に巻かれながらもセレネを喰い千切ろうと牙を剝いた。

「ガア、ガガ、ガ……！」

「見上げた胆力だ。ならば、こちらも奥義で応えよう。──『烈砕斬』！」

咆哮と共に、勢いよく剣を振り下ろす。

刀身が敵に触れた瞬間、激しい爆発を引き起こした。

ドガアアアアアアアアアアアアアンッ！

「ガアアア……！」

激しい炎が、巨大な魔物を骨まで燃やし尽くす。

豹が断末魔を上げて消えて行くのを見ながら、セレネは剣に残る残滓を払った。

「私にはまだ、果たすべき使命がある。こんな所で負けるわけにはいかなくてね」

「やった、やったわー！」

「わっ⁉」

レクシアはセレネに抱き付き、目を輝かせた。

「びっくりしたわ、あんな恐ろしい魔物をやっつけちゃうなんて！」

「ふふ、子どもの頃はただ泣くことしかできなかったからね。少しは成長できたかな」

するとレクシアは、伸び上がってセレネの頭を撫でた。

「ええ、本当にすごいわ！【嵐の谷】の魔物さえ凌駕するほど強くなっちゃうなんて、とっても頑張ったのね！　偉いわ、セレネ！」

「！」

柔らかな手の温もりに、セレネは目を瞠り――頬を染めて顔を逸らす。

「あ、あの、レクシアさん、ちょっと、その、こういうの、慣れてなくて……」

「あら？　セレネ、もしかして照れてる？　照れてるのっ？」

「いや、うん、その……ふふ、くすぐったいよ」

さらに撫でられて、セレネは嬉しそうに目を細めた。

幼い頃から過酷な運命を背負い、国に戻る日を目指してひたすらに己を鍛錬し続けてきたセレネにとって、こうして手放しで褒められることは初めてだった。

存分にレクシアから元気を分けてもらって、次なる魔物へと斬り掛かる。

「さあ、魔法剣の真髄、その目に焼き付けるがいい！」

＊＊＊

一行を取り囲んでいた魔物の気配がなくなり、ティトとセレネはようやく息を吐いた。

「はぁっ、はぁっ……この辺りにいた魔物は、あらかた片付けたかな……？」

「は、はい、そうみたいです……っ」

「すごいわ二人とも、あんなにたくさんいた魔物をやっつけちゃうなんて！」

レクシアがぴょんぴょんと飛び跳ねる。

「ふわぁ、強敵ばかりでしたが、なんとかなりました……！」

「まさか【嵐の谷】の魔物と相まみえる日が来るとはね……それにしても、レクシアさんの考えとは？」

「あっ、そうだったわ！　ええとね……」

レクシアが何かを探すように、【嵐の谷】をきょろきょろと見回す。

その時、獰猛（どうもう）な唸（うな）り声が三人の耳に届いた。

「グルルルル……！」

「！」

レクシアたちが振り返った先、岩陰からひときわ巨大な魔物が姿を現す。

逆立つ毛並みに、凶悪な殺意を放つ赤い瞳。

明らかにこれまでの魔物とは格が違う。

熊の姿をしたその魔物は、丸太のような後ろ足で立ち上がると空を裂く咆哮を轟かせた。

「グオオオオオオオオオオオオオオ！」

「こ、こいつは……【嵐の谷】の主――【ストーム・ベアー】だ！」

息を呑むセレネに、ティトが目を見開く。

「こ、これが谷の主ですか……!?」

「ああ！　数々の冒険者を血祭りに上げ、鋭い爪であのミスリル・ボアさえ容易く八つ裂きにする膂力の持ち主……！　精鋭の国軍さえほんの半日で全滅させた、超弩級の化け物だぞ……！」

噴き付ける殺気に気圧されつつも、セレネは剣を構えた。

「とんでもない強敵だが、こいつを倒せば谷の魔物は全て制圧したも同然――行こう、ティトさん！」

「はいっ！」

ティトも身を低くして臨戦態勢を取る。

しかしその時、レクシアの声が凛と響き渡った。

「倒しちゃだめよ、仲間にするんだから！」

「え、えええええええええ!?」

「ス、ストーム・ベアーを仲間に、って……!?」

「ど、どういうことなんだ!?」

「グオオオオオオオッ！」

レクシアが答えるよりも早く、ストーム・ベアーが巨腕を振り上げた。

「まずい……！」

「レクシアさん、退がってください！」

ティトとセレネがレクシアを庇いつつ跳び退る。

「グルアアアアアアッ！」

ドゴオオオオオオオオオオッ！

間一髪、凶悪な爪を備えた腕が振り下ろされる。

そのたった一撃で岩が大きく削れ、巨大なクレーターが穿たれた。

「すごいわ、なんて威力なの!?」

「こ、こんな凶暴な魔物を仲間にするって、そんなことできるんですか⁉」

「ええ！　あの子が私たちのことを強いって認めたら、きっと仲間になってくれるわ！」

「そ、そんな逸話は聞いたことがないけれど……⁉　そもそもなぜ仲間にしなければならないんだ……⁉」

しかしレクシアは揺るがない瞳で、こちらを威嚇するストーム・ベアーを見つめた。

「お願い、あの子をぎりぎりまで追い詰めてほしいの！　あとは私が何とかするわ！」

「な、何とかって、どうやって……⁉」

「グオオオオオオオオオオオオオ！」

ティトが尋ねるよりも早く、ストーム・ベアーが突進してくる。

ティトとセレネは身構えた。

「こいつ相手に手加減するのは難しそうだけれど……一か八かやるしかないね——『火蛇』！」

「はい！【烈爪(れっそう)】ッ！」

「グオオオオオオッ⁉」

セレネが刀身を振るうと、炎の蛇がストーム・ベアーに巻き付いて動きを止めた。

さらにティトの放った真空波が、頑丈な毛皮を切り刻む。

しかしストーム・ベアーは爪を薙いで、それらの攻撃をあっさりと弾いた。

「ガアアアアアアッ！」

「そんな、足止めにもならないなんて……！　【爪穿弾】ッ！」

「『紅風』！」

二人は後退しながらも攻撃を加えていく。

しかしストーム・ベアーは構わず突き進む。

そして獲物に飛び掛かるべく四肢を矯め——

「グオオオオオオオオオオオッ！」

「『烈砕斬』！」

ストーム・ベアーが覆い被さる直前、セレネはその足元目がけて剣を振り下ろした。

刀身が地面を叩くと同時に爆発が巻き起こり、激しい炎が渦巻く。

「グオオオオオッ⁉」

「【旋風爪】！」

さらにティトが両爪を鋭く振り抜き、竜巻を発生させる。

竜巻は炎を呑み込みながら、ストーム・ベアーを吹き飛ばした。

ドゴオオオオオオオオオオオオオッ！

「グオオオオオオオ⁉」

ストーム・ベアーが地面に叩き付けられる。

「すごいわ、二人とも！」

「追い詰めたぞ、あと少しだ！　『火斬衝』！」

「はいっ！　大人しくしてください——【烈爪】！」

セレネとティトは、致命傷にならないよう繊細に調整しつつ技を放った。

ストーム・ベアー目がけて、斬撃と真空波が殺到する。

しかし。

「オオオオオオオオオオオオオオオオッ！」

ゴオオオオオオオオオオオオオッ！

ストーム・ベアーが雄叫び（おたけび）を上げるやいなや激しい風が渦巻き、攻撃を吹き散らした。

「そ、そんな⁉　今のは——魔法⁉」

「くっ、さすがは【嵐の谷】の主、風属性の魔法を操るのか……！」

「グルルルオオオオオオッ！」

ストーム・ベアーが憤怒（ふんぬ）を露（あら）わに立ち上がり、吼（ほ）え猛（たけ）る。

「しまった、どうやら相当お怒りだぞ！　まあ無理もないけれど！」

「あわわ、やっぱり仲間にするなんて不可能なんじゃ……⁉」

「オオオオオオオオオオオオ！」

ストーム・ベアーが次なる魔法を放つべく、大きく息を吸った。

「まずい、距離を取るんだ！」

「レクシアさん、こっちの岩陰へ！」

「ええ！　――きゃっ⁉」

レクシアが走り出そうとして、濡(ぬ)れた石で滑って転ぶ。

すると、荷物から何かが滑り出た。

龍の装飾が施された鏡を見て、レクシアが目を瞠(みは)る。

「あっ、この鏡――確かすごい効果があるのよね⁉　なんだっけ⁉」

「そ、それは……『真実の鏡』です！」

ティトの言葉に、セレネがはっと目を瞠る。

「もしかして、君たちが持っていた国宝級のアイテムのひとつか⁉」

「はい！　リアンシ皇国でもらった、邪気や魔法を跳ね返すという特別な鏡です！」

「なっ⁉　そ、そんなとんでもない鏡が……⁉」

「そっか！　これがあれば――」

レクシアが鏡を拾うと同時に、ストーム・ベアーが風魔法を放った。

「オオオオオオオオオオオオオオ！」

ゴオオオオオオオオオオッ、ズガガガガガガガッ！

風の渦が地面を削りながら迫る。

レクシアは立ち上がると、果敢に鏡を突き出した。

「こんな魔法なんて、跳ね返しちゃうんだから！　えーいっ！」

ドッ――――ゴオオオオオオオオオオオオオオオ！

風の渦が、鏡に触れた瞬間に逆風となる。

そしてストーム・ベアーに殺到した。

「グオオオオオオオオオ⁉」

自身が放った魔法に吹き飛ばされ、巨体が地を滑る。

「す、すごいです！」

「まさか本当に魔法を跳ね返すなんて……！」

「やったわ！　これであの子も大人しくなるはず――」

「グオオオオオオオオオオ！」

しかしストーム・ベアーはすぐさま身を起こし、怒り狂いながら突進してくる。

「あわわわ、さらに怒らせちゃいました！」

「どうしよう！　まだ何かあったはず——」

レクシアは荷物を漁っていたが、その中からぽろりと盾が落ちた。

「あっ、いけない！　落としちゃった！」

雪の結晶のように美しい盾が、かつん、と地面に当たり——

ピシッ！　ピシピシピシィィィイイイイっ！

盾が触れた地面からたちまち氷の蔦が伸び、ストーム・ベアの四肢を絡め取った。

「グオオオオオ⁉」

「なっ、ストーム・ベアーを凍らせたぞ⁉　あ、あの盾は一体……⁉」

「ロメール帝国でもらった、『六花の盾』っていうすごい盾です！　えっと、『どんな物理攻撃でも炎でも無効化する』っていう伝説の盾……のはずなんですけど、レクシアさんが使うと、湖が凍ったり魔物を凍らせたり、なんかすごくすごいんですっ！」

「な、なるほど⁉」

レクシアは何が起こったか飲み込めず、四肢を凍らされてもがくストーム・ベアーをきょとんと見ていたが、やがてきりりと金髪を払った。

「……私の作戦どおりね！」

「明らかに偶然っぽかったけど⁉」

「あっ、見て下さい！」

「グオオオオオオオオ！」

氷から逃れることを諦めたのか、ストーム・ベアーが再び大きく息を吸い込んだ。

「また風魔法を放つつもりです！」

「魔法なんてへっちゃらよ、こっちには『真実の鏡』があるんだから！」

「いや待ってくれ、様子がおかしい……！」

セレネの言う通り、ストーム・ベアーの上空で風が逆巻き、稲妻が走る。

嵐の力を得て、ストーム・ベアーの魔力が膨れあがっていくのが分かった。

「オオオオオオオオ……――！」

「まさか、嵐を吸い込んでるの……⁉」

「そうか……！　これがストーム・ベアーが【嵐の谷】の主である所以(ゆえん)――奴(やつ)はこの嵐が

ある限り、無限に力を得ることができるのか……！」

風雨が激しく渦巻きながらストーム・ベアーへと吸収されていく。

吹きすさぶ暴風に吸い寄せられないよう必死に耐えながら、ティトが呻いた。

「うう……！　どんどん力を溜め込んで……さっきより強大な魔法がきます……！」

「くっ、さすがにまずいぞ⁉　あれが放たれたら、真実の鏡でも跳ね返せるかどうか……！」

「そうはさせないわ！」

レクシアは目に強い光を宿して、荷物を探る。

取り出したのは、宝飾に彩られた美しい短剣だった。

「あの子が嵐を力にするなら、こっちにはとっておきの『サハルの宝剣』があるんだから――――っ！」

叫びと共に、短剣を高々と空へかざす。

すると切っ先から一条の光が迸った。

その光が暗雲を貫いたかと思うとたちまち雲が吹き散らされ、谷に渦巻いていた嵐が止む。

「グオオオオ⁉」

一瞬にして晴れ渡った空を、セレネが唖然と見上げた。

「まさか、そんな……嵐が止んだ……⁉」

「あ、そうでした……！　サハルの宝剣には『どんな暗雲をも晴らす』っていう逸話があるんでした！」

「なっ⁉　そ、それにしたってでたらめな……！　【嵐の谷】の暗雲は百年以上晴れたことがないんだぞ⁉　それを一瞬で晴らしてしまうなんて……！」

「グ、ヴヴ……！」

太陽の光に目を眩ませるストーム・ベアーに、レクシアはびしりと指を突きつけた。

「さあ、あなたの力の源である嵐は去ったわ！　観念して私に従いなさい！」

しかし。

「グオオオオオオオオオオオオ！」

ストーム・ベアーは全身の力を振り絞ると、凍り付いていた四肢を氷から引き抜いた。

泥を跳ね上げながらレクシアへ殺到する。

「なっ⁉　奴め、まだあんな力が……！」

「レクシアさん、危ないです！」

「グオオオオオオオオオオ！」

ティトが叫ぶよりも早く、ストーム・ベアーがレクシアをかみ殺そうと牙を剝き——

「本当は使いたくなかったけど、仕方ないわ！」

そう言いながらレクシアが構えたのは、小型の銃だった。

「いい加減に、いい子にしなさ————いっ！」

レクシアの魔力に反応して、銃身が眩い輝きを帯びる。

そして銃口から魔弾が放たれた。

ドッ……ゴオオオオオオオオオオオオオッ！

ズガガガガガッ、ドオオオオオオオオオンッ！　ガラガラガラガラッ！

ドガアアアアアアアアアアアッ！

魔弾はストーム・ベアーの頰を掠め、巨大な岩々を吹き飛ばし、それだけでは飽き足らず遥か背後の岩壁をごっそりと抉り半壊させた。

「……グ、グオ……？」

「…………」

ストーム・ベアーさえ呆気に取られる中、セレネが掠れた声で尋ねる。

「……ちなみに、あれは？」

「え、ええと……ロステーヌ帝国が誇る天才魔導具発明家ノエルさんとそのお姉さんがくれた、『魔銃』です。レクシアさんの魔力を装填して撃つことができます……」

「そうか。……すごすぎてワケがわからなくなってきたな……」

ストーム・ベアーはすっかり目を白黒させて放心している。

「今だわ！　ジゼルからもらったこの『精霊石』を使えば……！」

レクシアが青く透き通る石をかざす。

すると澄んだ輝きがストーム・ベアーを包み込み、その目が穏やかになっていった。

「グオ……？　グルル、グルルル……」

「な、なんだ？　ストーム・ベアーから殺意が消えた……？　その石は一体……」

驚くセレネに、レクシアが青い石を掲げてみせる。

「これは『精霊石』よ。ラステル王国に来る前、南の島でアウレア山っていう山の噴火を止めたんだけど、その火口の近くで見つかった特別な石なの。なんでも偉大な精霊の加護が込められていて、凶暴な魔物をなだめる力があるんですって！」

「そ、そんなすごい力を持った石が……!?」

「ただし、あまりにも強い敵意を持っている魔物には効果がないらしいから、少し弱らせる必要があったんだけど……こんなにうまくいくなんて、二人のおかげよ！」

「そ、そうかな？　どちらかというと、レクシアさんが伝説級のアイテムを使いこなしていたから……というか、どれもこれも、本来以上の性能を引き出していたように見えたけど……？」

　レクシアはすっかり大人しくなったストーム・ベアーに近づいた。

「よしよし、いい子ね。びっくりさせちゃってごめんね」

「れ、レクシアさん、危ないよ……！」

　ストーム・ベアーの首を撫でるレクシアを、セレネが慌てて引き戻そうとする。

　しかしストーム・ベアーは甘えるように喉を鳴らしはじめ、レクシアに頬をすり寄せた。

「グルル、グルルル」

「え、えええええ!?　す、ストーム・ベアーが、懐いている!?」

　愕然とするセレネの横で、ティトがぽんと手を打つ。

「そういえばレクシアさん、今までも色んな魔物に懐かれてましたもんね！　サハル・キャメルとか、ヴィークル・ホークとか、花鼬鼠とか！」

「ええ!? どういうこと!?」

「グルルルル、グルルゥゥゥウ」

「ふふ、くすぐったいわっ」

レクシアがストーム・ベアーとじゃれ合う様子を見ながら、セレネが呆気に取られる。

「ま、まさか本当に【嵐の谷】の主を手懐けてしまうとは……」

「こんな凶暴な魔物とまで仲良くなっちゃうなんてすごいです、レクシアさん！」

興奮に頬を染めるティトの隣で、セレネがふと首を傾げた。

「それにしても、レクシアさんの『考え』とは？」

「あっ、そうです！ どうしてこの子と仲良くなる必要があったんですか？」

するとレクシアは、ストーム・ベアーの首に抱き付きながら笑った。

「それはね、『わくわくキラキラサーカス団』の仲間になってもらうためよ！」

「「え？」」

目を丸くするティトとセレネに、レクシアは片目を瞑る。

「だって、サーカスといえば猛獣使いでしょ？ この子がいれば、拍手喝采間違いなしだわ！」

「そ、そっか！　そのために【嵐の谷】に来たんですね！」

「そんな大胆な作戦を考えていたとは……」

「グォ、グォ」

レクシアに撫でられて、ストーム・ベアーがごろんとお腹を見せる。

セレネはそれを見ながら、半ば放心して呟いた。

「本当にすごいな……ストーム・ベアーは獰猛で、我が国は何百年も悩まされてきたんだ。それをいとも容易く降してしまうとは。これで谷の魔物もしばらく大人しくなるだろう、国の憂いがひとつなくなったよ。……もしかしてレクシアさんは、そこまで見越していたの？」

「当然よ！」

レクシアが胸を張り、セレネがいたく感嘆する。

「王女には、レクシアさんくらいの発想力と大胆さが必要だということか……勉強になるなぁ」

「ええと、レクシアさんはちょっと特別というか、あんまり参考にしない方がいいかもしれないです……」

そんな二人の会話は露知らず、レクシアはいそいそとストーム・ベアーによじ登った。

「さあ、これで準備は調ったわ！　王都に戻って、史上最高のサーカスを披露するわよっ！」

「グオオオオオオ！」

太陽の差し込む谷に、ストーム・ベアーの頼もしい雄叫びが響いたのだった。

＊＊＊

そして、次の日。

「れ、レクシアさん、この衣装は一体……!?」

ティトが色鮮やかな衣装に身を包み、驚いたようにしっぽを立てる。

レクシアたち一行は、本番を前にしてサーカス用の衣装に着替えていた。

その服は見ただけで心が浮き立つような遊び心のある意匠で、動きやすさと華やかさが絶妙な塩梅で両立している。

「可愛いでしょっ！　サーカス用の特別衣装よ！」

レクシアがご機嫌でくるりと回る。

レクシアの服はサーカスの団長を模した燕尾服風になっていた。

同じく着替えたセレネが、興味深そうに自分の格好を見下ろす。

「なるほど、不思議と気持ちが明るくなるね。衣装も演出の一部ということかな」

「そうよ！　せっかくのサーカスですもの、お客さんに少しでも楽しんでもらえるように、全力で盛り上げなきゃね！」

【嵐の谷】でストーム・ベアーを仲間にした後、レクシアたちは王都の広場に来ていた。

広場には昨夜の内に巨大な布で簡易テントを張り、空中ブランコや綱渡りなども設置している。

ストーム・ベアーには大きな布を掛けて馬車に偽装し、他の道具と一緒に広場の隅で待機させていた。

ティトが不安そうにテント内を見回す。

「あ、あの、衣装はとっても可愛いんですけど……私たち、何も練習してないんですが、大丈夫なんでしょうか⁉」

「そ、そうだね……時間がないとはいえ、まさかのぶっつけ本番とは……」

「心配いらないわ、私が言った通りにやってくれたら大成功間違いなしなんだから！」

レクシアが自信満々に片目を瞑った時、テントの外から話し声が聞こえてきた。

「何かしら、このテント？」

「もしかして、何か演し物を上演するんじゃないっ？」

「一体何がはじまるのかなぁ」

王都の人たちは、一晩にして出現したテントに興味津々のようだ。

レクシアは楽しげに手を打った。

「人が集まってきたわね、そろそろはじめましょう！」

「うう、緊張してきました……！」

「うまくいくといいけれど……」

「大丈夫よ、私が指示した通りに動いてくれれば間違いないわ！　それじゃあ『わくわくキラキラサーカス団』の記念すべき初公演、めいっぱい楽しむわよ！」

「「「おー！」」」

三人は手を重ねて明るい声を響かせる。

テントの入り口を上げて、レクシアが声を張り上げた。

「さあさあ、寄ってらっしゃい見てらっしゃい！　世界一楽しいサーカスのはじまりよー！」

子どもたちが歓声を上げる。

「わあ、サーカスだって！」

「まあ、可愛いお嬢さんたちね」

「衣装も愛らしくて素敵ねぇ」

待ちかねた人々がぞろぞろとテントに入ってくる。

その中には、先日レクシアたちが助けた少女の姿もあった。

「あっ、あの時助けてくれたお姉ちゃんたちだ！」

「ああ、あれが噂(うわさ)の！　やっぱり曲芸団だったのか！」

「がんばれー！」

にこにこと温かく見守る人々に、レクシアは優雅に一礼した。

「皆様、『わくわくキラキラサーカス団』の特別ショーへようこそ！　今から皆様をめくるめく魅惑と幻術の世界へお連れします！　まずは究極のバランス芸をご覧あれ！」

拍手の中、ティトが緊張しながら進み出る。

レクシアがティトに目で合図を送ると、ティトは大きく深呼吸し、乱雑に置かれている小道具に向かって構えた。

「いきます！　──【旋風爪(せんぷうそう)】！」

両手の爪を軽く交差させる。

すると小さな竜巻が発生して、たちまちボールや板、ブロックなどが塔のごとく積み上がった。

「えっ、今のは何⁉　どうやったの⁉」

「あの子、竜巻を生み出したような……⁉」

「というかあれ、どうして崩れないんだ⁉」

小道具はぐらぐらしながらも絶妙なバランスを保っている。

ティトがセレネを振り返った。

「セレネさん、よろしくお願いします！」

「うん、任せて」

セレネがひどく不安定な塔の前に進み出る。

「えっ、えっ⁉　バランス芸って、もしかしてあの上に乗るの⁉」

「あんなに高く積み上げてあるのに、大丈夫か……⁉」

「すっごくぐらぐらしてるよ⁉」

観衆がはらはらと見守る中、セレネは軽やかに跳躍し、頂上に着地した。

「よっと！」

「ひぇっ⁉」

「あっ、の、乗った！　あんなに高くてぐらぐらしてしてるのに、どうやって⁉」

「おおー！　すげえー！　こんなすごいバランス芸、初めて見たぞ!?」

拍手をする観客に、レクシアがいたずらっぽく微笑む。

「まだ終わりじゃないわよ！」

「えっ」

レクシアのウインクを受けて、セレネは器用にバランスを取りながら剣を抜いた。

切っ先を天に向けて高く掲げる。

「ティトさん、いいよ！」

「はい！」

いつの間にか樹の上に立っていたティトが、空中ブランコに飛び移った。

「えいっ！」

ブランコに足を引っ掛けてぶら下がると、大きく揺れながらセレネの上を行ったり来たりする。

「わあ、危ない、危ない！」

「ど、どうするつもりなの……!?」

「まさか……いや、まさかな……!?」

ブランコが振れるごとに、観客の緊張が膨れあがる。

その緊張が頂点に達した時、ティトはブランコから身を投げ出した。

くるくるくるっと華麗に回転し、セレネが掲げた剣の切っ先にふわりと着地する。

「よいしょ！」

それを見ていた人たちから驚愕の声が爆発する。

「「「「え、えええええええええええええええ!?」」」」

「け、剣の上に立ってるぞ!?」

「どういうこと!?　予想以上にすごすぎるんだけど!?」

「こんなの初めて見た！　すごぉい！」

二人は大歓声を浴びながら、ひらりと地面に降りると深々とお辞儀をした。

「これはまだまだ序の口よ！　続いてお目に掛けますのは、華麗なる爪術ショーよ！」

一度裏に引っ込んだセレネが、大量の短剣を抱えて再登場する。

そして、

『火蛇』！」

呪文を唱えると、炎の蛇が短剣に絡みついた。

「わあああああああああっ!?」

「け、剣に火がついたぞ!?」

「火傷しちゃうよ!?」

観客の悲鳴をものともせず、セレネはさらに燃え盛る短剣で高速ジャグリングを始める。

「えええええええ!? 燃える短剣でジャグリングを!?」

「ひいいい、恐い、危ない……!」

「よ、よくあの数の短剣をあんな速さで捌けるな!? しかも燃えてるのに!?」

すると、セレネから少し離れた場所にティトが立った。

セレネに正対して爪を構える。

「行くよ、ティトさん!」

「はいっ、いつでもどうぞ!」

「え? え? え? 何? 何をするの?」

観客が固唾を呑んで見守る中、セレネはティトに向かって、燃える短剣を弾丸のごとく投げつけた。

ヒュンッ!

「えええええええええええ!?」

「わわわわわっ、危ない――――っ!」

「きゃあああああああああああ!?」

観客から悲鳴が上がる。

しかしティトは静かに息を吸い――

「【奏爪】ッ！」

――キィンッ！

銀色に光る爪が弧を描いたと思うと、硝子が割れるような澄んだ音が響く。

直後。

カランカラン、カラーン……！

まるで魚のごとく三枚に降ろされた短剣が、地面に落ちた。

「え……えええええええええええええ!?」

「さあ、どんどん行くよ！」

「はいっ！」

キンッ！　キィンッ！　キンキンッ！

ティトは迫り来る短剣を軽々と捌いていく。

「は、早すぎて見えない……！　なんだあの技は!?」

「い、一体何が起こってるんだ……!?」

ティトの足元に、綺麗にスライスされた短剣が積み上がっていく。

大量に用意していた短剣が全て三枚に降ろされると、レクシアがはしゃいだ声を上げた。

「驚くのはまだ早いわよ！　今日は特別に、もっともっと凄い技を披露しちゃうんだから

っ！　セレネ、お願い！」

「ああ！」

セレネは隅に置いてあった巨大な岩に剣をかざした。

「『炎球』――！」

すると、大岩が炎に包まれ、巨大な炎球と化す。

「おおおおおおおおおおーっ⁉」

「う、うそだろ⁉　岩が燃えてる⁉」

「あんな巨大な炎の球、どうするんだ⁉」

セレネは炎球に向けて剣を構えた。

「準備はいいかい、ティトさん！」

「はい、任せてください！」

「あ、あの子たち、何をするつもり⁉」

「まさか――⁉」

観客が息を呑むよりも早く、セレネは炎球目がけて剣を振り下ろした。

『烈砕斬』ッ！」

ゴッ、ガアアアアアアアアアン！

激しい爆発が巻き起こり、燃える大岩がティトに向かって弾き出される。

「いやああああああ!?」

「う、嘘だろ――――――――!?」

観客から悲鳴が巻き起こった。

しかし。

「【爪閃】ッ！」

シュバババババババッ！

大岩がティトに激突する直前、鋭い斬撃が縦横無尽に走る。

そして一瞬の静寂の後。

炎が掻き消え、細切れになった岩がガラガラガラッ！　とティトの周囲に散らばった。

「「「「え……えええええええええええ!?」」」」

「い、一瞬で……あんな大きな岩を斬った……!?」

「し、しかもあんなに燃えてたのに……」

「ゆ、夢でも見てるのか……⁉」

ティトとセレネは、予想以上の反応に頬を紅潮させながらお辞儀をした。

テントの中が、割れんばかりの拍手と歓声で満ちる。

「こんな神業、初めて見たよ！」

「あの子たち、ただのサーカス団じゃないぞ！　一体何者なんだ⁉」

突如として現れた華麗なサーカス団の噂は王都中を駆け巡り、時間が経つごとに観客が膨れあがっていた。

三人は、次から次へと技を披露しては喝采を浴びる。

「うおおおおおおおお！　すげえええええええええ！」

「次は何をしてくれるんだ⁉」

「すごいぞ、『わくわくキラキラサーカス団』！」

「こんなことが可能だなんて、とても人間業とは思えないわ……！」

賞賛と期待のまなざしを一身に集めて、レクシアは高らかに声を張った。

「さあ、フィナーレが近付いてきたわ！　今日の目玉よ！」

レクシアの目配せに頷いて、ティトとセレネがストーム・ベアーを覆っていた布を取り払った。

「グオオオオオオオオオオッ！」

雄叫(おたけ)びを上げるストーム・ベアーの姿に、観客が絶叫する。

「わああああああああああああ⁉」

「あ、あれはまさか──【嵐の谷】のストーム・ベアーか⁉」

「ど、どうして凶暴な魔物がここに……⁉」

観客が恐慌(きょうこう)に陥るよりも早く、レクシアはストーム・ベアーによじ登った。

「よいしょっと！」

「えっ⁉　えっ⁉　あの子、ストーム・ベアーに登って……えっ⁉」

「お、お嬢ちゃん、危ないよ⁉」

「と、というか、あのストーム・ベアー、全然暴れないわね……⁉」

驚く観衆を尻目に、レクシアはストーム・ベアーの頭を撫(な)でる。

「さあ、練習の成果を見せるわよ！　まずは玉乗りよ！」

「グルオオオオオオオオオ！」

ストーム・ベアーはレクシアの指示通り、巨大な玉の上に乗ると立ち上がった。

「グオオオオオオー！」

「わあ、すごいすごーいっ！」

子どもたちが目を輝かせ、大人たちがあんぐりと口を開ける。

「うそ……す、ストーム・ベアーを……操ってる……⁉」

「信じられん……精鋭の国王軍でも叶わない凶暴な魔物を、一体どうやって……⁉」

客席が驚愕に染まる中、レクシアはセレネを振り返った。

「セレネ、お願い！」

「ああ！『炎獄』！」

セレネが切っ先で空中に円を描く。

すると、燃えさかる炎の輪が現れた。

「さあ、行くわよ！」

「グオオオオオオオ！」

ストーム・ベアーはレクシアを乗せたまま跳躍し、真紅に燃える輪を華麗にくぐる。

「わあ、すごいや！」

「かっこいいー！」

大迫力の演技に、子どもたちは大喜びだ。

「まだまだいきますよー！【烈爪】っ！」

ティトが張り巡らされた布に向かって真空波を放った。

色とりどりの布が切り刻まれて、鮮やかな吹雪となる。

「グオオオオオオオ！」

さらにストーム・ベアーが風魔法を放つと、布の吹雪が渦を巻きながら青空へと舞い上がった。

幻想的な光景に、歓声と笑顔が弾ける。

「わあ、きれい！」

「なんて華やかで可憐な見世物なんだ！　こんなの初めて見たぞ！」

「間違いないわ、この国で――いえ、世界で最高のサーカス団だわ！」

空を割らんばかりの万雷の拍手を浴びて、レクシアは笑った。

「ふふっ。もしルナがいたら、もっとすごいサーカスになってたわね！」

「はい！」

一行はアンコールの大合唱に応えて、次々と規格外の芸を披露していく。

王都中に響く大喝采の中、広場に立派な馬車が乗り付けた。

ざわめきと共に人垣が割れる。

「おい、式典長だぞ」

「まあ、祝賀パーティーの準備でお忙しいはずでは……？」

馬車から降り立ったのは、護衛を連れた高官らしき男だった。

人の良さそうなその男は、レクシアたちの芸を見て目を丸くし、驚きと興奮を露わに拍手をした。

「す、素晴らしい！　王都でとんでもないサーカスを披露している少女たちがいると聞いて駆けつけてみれば……！　このような素晴らしい演し物は見たことがない！　ぜひ後日王城で執り行われる祝賀パーティーでも披露してほしい！」

「やったわ！　喜んで！」

レクシアは即座に快諾した。

周囲の観衆からも、わっとお祝いの声が上がる。

「すごいねぇ、お嬢ちゃんたち！」

「おめでとう！　ディアナ王女様もきっと喜ぶよ！」

「また楽しい芸を見せてくれよ！」

「ええ、ありがとう！　みんなが声援をくれたおかげで、とっても楽しかったわ！」

こうしてサーカスは熱狂の内に幕を閉じ、レクシアたちは手を打ち合わせた。

「やったわ、作戦大成功よ！　これでお城に入れるわねっ！」

「すごいです、レクシアさん！　それにとっても楽しかったです！　ね、セレネさんっ！」

「ああ、まさかこんなに上手くいくとは……！　それに私も、王都の人たちの笑顔が見られて嬉しかったよ」

セレネはそう言って、声を震わせる。

「……いよいよ、王城に入れるんだね」

「ええ。セレネにとっては、幼い頃以来の凱旋ね」

セレネは「うん」と万感の想いを噛みしめるように頷いた。胸元で握りしめた手は、緊張と高揚で微かに震えている。

レクシアはそんなセレネの背に優しく手を添えると、街並みの向こうにそびえる王城を指さした。

「大丈夫よ、私たちの手に掛かれば怖いものなんてないわ！　さあ、ダグラスの野望を暴いて、ぱりんぱりんに砕いてやりましょう！　そしてルナを華麗に救っちゃうわよーっ！」

「ああ！」

「はいっ！」

こうしてレクシアたちは、祝賀パーティーに向けて準備を進めるのだった。

＊＊＊

一方その頃、お城では。

「いよいよ祝賀パーティーの日が近付いてまいりましたね、ルナ様！」

メイドたちが競ってルナの爪に紅を塗りながら、楽しげに囀る。

「式典長が、御前公演にどの団体を呼ぼうか悩んでいらしたわ。ルナ様のために、とびきり華やかな演し物を喚びたいそうで」

「どんな演し物が見られるのかしら、楽しみですね！」

「ああ」

ルナははしゃぐメイドたちに笑いかけると、ふと物思いにふけった。

「(祝賀パーティーが催されれば、いよいよ逃げづらくなるな。だが、今下手に動いてレクシアたちに捜査の手が及ぶと面倒だ。ダグラスが何か企んでいる様子なのも気になるし、何よりあの状態の国王を放っておくわけにもいかないしな。……この生活は慣れないが、詳しい情報を掴むためにも、まだ城内で様子をうかがっていた方が良さそうだ)」

窓の外に目を遣り、ふぅと淡いため息を吐く。

そんなルナを見て、メイドたちが目を見交わした。

「ルナ様、お寂しそうですわ……」

「やはりお仲間が恋しいのでは？」

そんな会話に、ルナははっと顔を上げた。

「い、いや、恋しいなど、そんなことは……」

しかし、言いかけた言葉が喉で止まる。

「(……だが確かに、レクシアとこんなに離れたのは久々だな。ティトがついているから、身の安全については心配いらないが……。突拍子もないやつだが、あの無謀さがないと、少し張り合いがないな。……まあその内、とんでもない方法で乗り込んで来そうな気もするが)」

いかにもありそうな展開を想像して、額を押さえる。

するとメイドたちがうっとりとその様子に魅入った。

「ああ、ルナ様の憂いげな横顔、素敵……！」

「でも、どうにかして元気を出してもらわなくては！」

「ええ、こういう時は心身の疲れを癒やすに限ります！　というわけでルナ様、湯浴みにまいりましょう！」

ルナが断る暇もなく、メイドたちはルナを湯殿へせき立てる。

「不安をほぐすには、お風呂が一番です！」

「今日も隅々まで洗ってさしあげますわ！」

「い、いや大丈夫だ、一人で入れる……！」

抵抗虚しく、ルナは湯殿に連行された。

メイドたちが嬉々としてルナのドレスを脱がせに掛かる。

「さあルナ様、ドレスを脱がせてさしあげますわ！」

「い、いやいい、それくらい自分でできる……！」

するとメイドたちは目を潤ませた。

「まあルナ様、せっかくルナ様のお世話ができる機会を奪わないでくださいませ……？」

「私たちが叱られてしまいますわ？」

「ううっ」

ルナが怯んだのを好機と見て、メイドが殺到する。

「じゃあ脱がせますねー！」

「う、うわー⁉」

「えっ」

メイドたちは戸惑うルナを脱がせると、浴室に連れて行った。

「どうぞ、こちらにお掛け下さい」

ルナを椅子に座らせ、たっぷりと泡を付けた手で撫で始める。

「さあルナ様、力を抜いて、私たちに身を任せてくださいませ」

「こちらからも失礼しますね。腕を上げて……」

「んっ……く、くすぐったい……！」

「ふふ、ルナ様はくすぐったがりでいらっしゃるのね」

「くすぐったがるお声までお可愛いわ！　まるで可憐な鈴のよう！」

「あっ、そ、そこは……っ！　待っ――っく、ふ……！」

「ああ、本当になんて綺麗なお肌なのかしら！」

「なんて魅惑的な滑らかさ……ずっとこうしていたいわ！」

「ううっ、や、やめてくれー！」

嫌がりながらもメイドに囲まれて洗われるその光景は、無理矢理お風呂に入れられる猫に似ていた。

「（王宮生活はまだ我慢できるが、この時間だけは苦手だ――！）」

丁寧な手つきで肌を撫でられながら、ルナは胸中で叫んだのであった。

そうして、ルナが湯浴(ゆあ)みを終えた後。

ルナが部屋で化粧水を塗り込まれていると、若いメイドが飛び込んできた。

「ねえ、聞いた⁉ 御前公演の演目が決まったそうよ！」

「えっ、何に決まったのっ？ 歌？ それとも演劇？」

若いメイドは目をきらきらさせて答える。

「それがね、サーカスですって！ 『わくわくキラキラサーカス団』っていうそうよ！」

「なんだ、その果てしなくダサい名前は」

ルナは思わずツッコんだが、メイドたちは跳び上がって歓声を上げた。

「まあ、サーカスですって！ 楽しそう！」

「私、サーカスを見るの初めて！」

「でも、『わくわくキラキラサーカス団』なんて初めて聞いたわ？」

「それがとんでもないサーカス団で、今日結成されたばかりだそうなの！」

「「「えええええっ⁉」」」

「団員は三人の女の子だそうよ！ とても可愛くて可憐で、それだけではなくて、演し物がとにかく人間離れしていてすごいらしいの！ 王都はもうそのサーカスの話で持ちきりよ！　式典長がすっかり感動して、その場で声を掛けたとか！」

「ええっ⁉　そ、そんなすごいサーカス団が……⁉」

「素敵！『わくわくキラキラサーカス団』、とっても楽しみですね、ルナ様！」

「そうだな。……そんな恥ずかしい名前を付けるやつの気は知れないが……」

ルナは話半分で聞きつつ、ふっと笑みを刻んだ。

「（……サーカスか、レクシアが好きそうだな。それにティトなら、サーカス団員としても凄い技を披露できそうだ）」

遠く離れればなれになった仲間に思いを馳せるルナ。

まさか当の本人たちが新進気鋭のサーカス団として乗り込んでこようとは、夢にも思わないのであった。

第三章　古代兵器

そして、祝賀パーティー当日の朝。

レクシアたちは、広場で互いの顔を見交わした。

「いよいよお城に入れるわね！　計画通りにいくわよ！」

「はい、準備は完璧です！」

「ルナさん奪還のためだ、最高のショーをお目に掛けよう」

三人はサーカス用の衣装に加えて、仮面舞踏会で用いるような仮面を着けていた。

それは顔の上半分を覆う蝶(ちょう)を模した艶(あで)やかな仮面で、レクシアとセレネの正体を隠すためにうってつけだったのだ。

「それじゃあ……いざ王城へ、出発よーっ！」

ストーム・ベアーに大道具や小道具を積んで、その上から布を掛ける。

一行が大通りを歩くと、道行く人から歓声が上がった。

「あっ、『わくわくキラキラサーカス団』だ！」

「これから祝賀パーティーに向かうのね！」

「昨日のサーカス、最高だったぜ！　御前公演もがんばれよー！」

昨日一日で、レクシアたちはすっかり王都中の人気者になっていた。

「ありがとう、みんな！　がんばるわ！」

「えへへ。みなさん応援してくれて、とっても嬉しいですっ」

「ふふ、ストーム・ベアーを華麗に操ったのがアルセリア王国の王女様だと知ったら、みんな驚くだろうね」

「あら、それを言うならセレネだって王女様だわ！」

「あ、そうだった」

応援してくれる人々に手を振って、王城の前まで行進する。

城門の前に立っている門番に向かって、レクシアは胸を張った。

「『わくわくキラキラサーカス団』よ！　通してちょうだい！」

「おお、お待ちしておりました！」

式典長から渡されていた通行証を見せると、門番たちが嬉々として門を開けてくれた。

数日前に文字通り門前払いされた城門から、堂々と入城する。

「やったわ、第一関門突破よ！」

「ふおおお、すごいです！」

城門をくぐると、鳴り物入りのサーカス団をひと目見ようと、メイドや兵士たちが窓に鈴なりになっていた。

「おお、彼女たちが王都で噂になっている『わくわくキラキラサーカス団』か！」

「噂には聞いていたけれど、本当に可愛らしいわね！」

「あの大きな布は何かしら？　馬車？」

感嘆と驚嘆の視線を浴びながら、レクシアがいたずらっ子のように笑う。

「ふふ、侵入作戦大成功ね！」

「みなさん楽しみにしてくれているみたいですね！」

「さあ、ルナはどこかしらっ？　サーカスをしている私たちを見たら、きっとびっくりするわね！　早く披露したいわ！」

「ルナさんを助けにきたはずが、目的が変わってます……⁉」

一方、セレネは感慨深そうに敷地に目を馳せていた。

「ああ、この庭、あの塔、覚えている……懐かしいな……」

かつて深い愛に包まれ、無邪気に学び遊んだ記憶が押し寄せて、青い瞳に涙が滲む。

幼くして過酷な運命を背負った王女は、遠く険しい道のりを経て、今あるべき場所に戻ったのだった。

「父上、ディアナは戻ってまいりました……間もなくお会いできるでしょう、それまでどうかご無事で……」

零れそうになる涙を、凛と頭をもたげてこらえる。

レクシアがそんなセレネに笑いかけた。

「大丈夫よ、セレネ！　みんなでダグラスをこてんぱんにやっつけて、何もかも華麗に解決しちゃいましょう！」

「うん！」

その時、式典長が出迎えた。

「おお『わくわくキラキラサーカス団』の皆様、お待ちしておりました！」

式典長は嬉しそうに言って、一行を中庭に案内する。

「この中庭がサーカスの会場になります。普段使わない庭なので手入れが行き届いておらず申し訳ないのですが、その代わりどうぞご自由にお使い下さい。あ、サーカス用の舞台を設置するのに人手が要りそうですね。兵士を二十人ほど連れてまいりましょう」

「ありがとう、でも私たちだけで大丈夫よ！」

「そ、そうですか？　それでは、お困りの際はいつでもお声掛け下さい」

式典長は丁寧に頭を下げて去って行く。

「よーし、早速舞台を設置するわよ！」

「おー！」

今回はテント代わりの布は張らず、青空の下でサーカスを行うことになっていた。

三人は手際よく空中ブランコやバランス芸に使う台などを設置していく。

「ええと、確か祝賀パーティーが始まってすぐ、サーカスの御前公演でしたよね！　――この岩、ちょっと邪魔ですね。【雷轟爪】！（ドゴオオオオオオオオオン！）」

「ええ、お祝いのパーティーだから、思いっきり盛り上げてほしいそうよ！　――ねえセレネ、この樹、良い感じに斬ってくれない？」

「うん、ルナさんの初お披露目も一緒に行われるんだったね。――『紅蓮斬』！（ズバアアアアアアアッ！）」

軽やかな会話を交わしつつ、技を連発して中庭をサーカス会場に作り替えていく。

「お、おい、あれは何だ……!?　あんな大きな岩を簡単に砕いたぞ……!?」

「樹が一瞬で細切れに!?　あの剣捌き、ただ者じゃないぞ!?」

「あ、荒れていた庭がどんどん綺麗になっていく……！　それにあんな豪華な舞台まで、たった三人で作るとは……！　いったい何者なんだ!?」

規格外の速さで舞台を作っていく少女三人を、兵士たちが恐々として見守っていた。

「ふう、完成ね！」

「はい！」

レクシアたちは満足しつつ、すっかり綺麗に整えられた中庭とステージを見渡す。

こうして、サーカス用の舞台が完成したのだった。


そして、いよいよ御前公演の時間になった。

中庭に集まった観衆が期待でざわめく中、セレネは貴族や重臣たちの席に素早く目を走らせた。

「ダグラスの姿はないみたいだね」

「その方が都合が良いわ！　ルナを奪還してから、めったためたにしちゃうんだから！　幼いセレネを【嵐の谷】に投げたことも、私たちとルナを引き離したことも、絶対に許さないわ！」

その時、ラッパが高らかに鳴り響き、観客のざわめきが波を引くように鎮まった。

「さあ、いよいよ開演ね！　華麗にルナを攫っちゃうわよー！」

「はい！　たくさん練習したので、ばっちりです！」

「さて、ルナさんはどこにいるかな」

セレネが辺りを見回した時、レクシアがはっとバルコニーを指さす。

「見て、あそこよ！」

「皆様、お待たせいたしました。ラステル王国第一王女、ディアナ殿下の御出座しにございます！」

式典長の合図と共に、レースのカーテンが開く。

そしてバルコニーに、美しいドレスを纏ったルナが現れた。

誰もがその可憐さに息を呑む。

瑞々しく潤んだ唇に、涼しげな青い瞳。

深い青色のドレスは流れる水のように優美で、ルナの華奢で美しく引き締まった体躯を引き立てている。

月光のごとき銀髪には控えめなティアラが眩く輝き、ルナの整った顔をより一層美しく彩っていた。

高貴で洗練された姿に、観衆からどよめきが上がる。

「おお、あれが行方不明になられていたというディアナ王女か……！」

「まあ、なんてお美しいの……!?」

レクシアたちも思わず見惚れた。

「ルナ、とっても綺麗だわ！　いつも可愛いけど、今日は特別に綺麗！」

「はわわわ、きらきら輝いてます……！　ルナさんすごいです、あんなドレスも着こなせるなんて……！」

「ああ、まるで月の女神……いや、可憐な花の精のようだ……」

一方、当のルナは、目を輝かせる観衆を前に戸惑っていた。

「こ、こんなに注目を浴びたのは初めてだ……それに、みんなやけに驚いているな。やはり化粧もドレスも慣れていないことがバレてしまったのだろうか……？」

そんなルナに向かって、レクシアは嬉しさが爆発したように大きく手を振る。

「ルナー！　きたわよー！」

「れ、レクシアさん、だめですよ！」

「なっ⁉」

ルナは思わずバルコニーから身を乗り出した。

「あれはまさか——レクシアとティト、それになぜセレネまで⁉　王都中で噂になっている『わくわくキラキラサーカス団』とは、あいつらのことだったのか⁉」

慌てて目を走らせるが、幸い観衆たちはルナの可憐さに釘付けになっており、レクシアの暴挙に気付く者はいなかった。

思わず額を押さえる。

「い、いつかとんでもない方法で潜り込んでくるのではとは危惧してはいたが、まさかサーカス団として堂々と会いに来るとは……！　というか、『わくわくキラキラサーカス団』というネーミングセンスの時点で疑うべきだった……！　それにしてもこんなに注目を集めて、一体どうするつもりなんだ⁉」

観客がひとしきり感嘆した頃、レクシアはティトとセレネを振り返った。

「それじゃあいよいよ、サーカスの始まりね！」

「はい！」

「ああ！」

レクシアは舞台に飛び乗ると、高らかに開幕を宣言する。

「お集まりの皆々様、お待たせいたしました！　本日祝賀パーティーに華を添えますのは、『わくわくキラキラサーカス団』です！　世界一と呼び声高い最高のサーカスを、どうぞお楽しみあれ！」

人を惹き付ける凛とした声と華やかな出で立ちに、観衆の注目が集まる。

そしてレクシアの合図と共に、ティトとセレネが次々と技を披露した。

「おおおおおお――――！」

　それを見た観衆から興奮のどよめきが上がる。

　一行のショーは、広場での公園から演目を加え、さらに華麗になっていた。

　観衆は絶え間なく歓声を上げ、ストーム・ベアーが登場して芸をした際には、空が割れんばかりの拍手が鳴り響いた。

「こ、これはすごい！　噂には聞いておりましたが、想像以上ですな！」

「内容はもちろん、団員さんの可愛らしいことといったら！」

　一流の芸を見慣れているはずの上流貴族たちさえも目を丸くしている。

　大喝采を浴びるレクシアたちを見ながら、ルナは苦笑いした。

「やれやれ、一国の王女が何をしてるんだか……。だが、確かに素晴らしいショーだ。みんなが夢中になるのも分かるな」

　サーカスも終盤に差し掛かり、レクシアが声を張り上げる。

「さあ、いよいよ本日のフィナーレ！　最高のイリュージョンをご覧に入れちゃうわよーっ！」

　舞台には、人一人が寝られそうな台が用意されていた。

　レクシアはバルコニーを見上げると、ルナに向かって手を差し伸べる。

「王女様、こちらへどうぞ！」

「！」

ルナは一瞬驚いたが、すぐに不敵な笑みを浮かべた。

「――ああ」

ひらりと手すりを乗り越える。

「きゃあああああ⁉」

「ディ、ディアナ様⁉」

観衆から悲鳴が上がるが、ルナは手すりに巻き付けていた糸を巧みに操って、羽根のごとくふわりと着地した。

「えっ⁉　今のは何⁉　魔法……⁉」

「す、すごい、一体どうやって……⁉」

「あ、ディ、ディアナ様、お待ちを……！」

迷いなく舞台に向かうルナを案じて、式典長が焦りながら駆けつけようとする。

レクシアはそんな式典長に、舞台上から片目を瞑った。

「この華麗なる奇術、ぜひお美しいディアナ様にご協力いただきたいのです。よろしいでしょうか？」

「え、あ、し、しかし……」

「大丈夫だ、心配ない。何かあればすぐに助けを求めるさ」

ルナが厳重に配置されている衛兵に視線を送りながら告げると、式典長は心配そうにしながらも引き下がった。

「さあ可愛いお姫様、お手をどうぞ」

ルナはレクシアの手を取って舞台に上がった。

「一体何が始まるのかしら？」

期待の目が向けられる中、レクシアはルナに顔を寄せると片目を瞑った。

「助けにきたわよ、ルナ！」

「お前、こんな堂々と……正体がバレたらどうするつもりなんだ」

「ちゃんと仮面で隠しているもの、心配ないわ！　それよりも、王弟ダグラスが何か企んでいるらしいの」

「！　やはりそうか……」

目を瞠るルナに、レクシアが鋭くささやきかける。

「ひとまず、一緒にここから逃げましょう。詳しいことはそれから説明するわ」

「だが、こんなに注目されている中で、一体どうやって逃げるんだ？」

「心配しないで、ここに横たわって。ルナを華麗に攫ってみせるわ」

レクシアが目配せすると、ティトが台の上に布を広げた。

「……何か考えがあるらしいな」

ルナは大人しくその上に横たわる。

この台には細工が仕掛けてあり、こっそり抜け出せる仕様になっていた。

奇術で王女が消えたように見せかけ、混乱に乗じて突破してしまおうという作戦だった。

セレネが観衆に声を張る。

「さあ、瞬き厳禁です！　驚きのイリュージョンをご覧にいれましょう！」

「おお、何だ何だ、今度は何を見せてくれるんだ？」

すっかりサーカスの虜になっている観客たちは、期待に目を輝かせて見守る。

レクシアはルナに覆い被さると、その手をそっと握った。

唇が触れそうな距離に、ルナの頬が赤く染まる。

「！　れ、レクシア、何を……！」

「大丈夫よ、何も心配いらないわ。私に身を任せて――」

レクシアはルナの耳にささやくと、セレネに目配せを送った。

セレネは頷くとティトと目を交わし、大きな布を手にカウントダウンをはじめる。

「それでは史上最高のイリュージョンまで、三、二、一――」

セレネがまさに布でルナを隠そうとした、その時。

「ディアナ王女！」

ひび割れた声が、高揚と緊張を引き裂いた。

「！　ダグラス……！」

セレネがはっと目を瞠る。

城から出てきたのは王弟ダグラスであった。

ダグラスは緊迫した形相で、驚く観衆を掻き分けながら駆け寄ってくる。

「あわわわ、まさか作戦がばれちゃったんじゃ……⁉」

とっさに身構えるレクシアたちだったが、ダグラスは舞台に着くと、声を潜めてルナに告げた。

「すぐにいらしてください、国王陛下が目を覚まされました……！」

「さあ、お早く！　時間がありませぬ！」

「！」

「あ、ああ、だが……！」

ダグラスは驚くルナをせき立てて、あっという間に城の中へ入ってしまった。

風のように主役がいなくなって、ぽかんと佇むむ。

「……あら……？」

「な……一体、何が……」

「これってもしかして……計画失敗、でしょうか……？」

中庭に、呆けたレクシアたちと観衆が取り残されたのだった。

＊＊＊

ルナはダグラスの後について、城内を急いだ。

地下室に下りると、ファルークが荒い呼吸を紡いでいた。

額には汗が浮かび、うすく開いた双眸が虚ろに天井を見上げている。

「ファルーク陛下……」

立ち尽くすルナに、ダグラスが低く声を掛けた。

「……陛下はあなた様と二人きりでお話がしたいとお望みです。私は外におります。どうぞ、陛下のお言葉に耳を傾けて差し上げて下さい」

ダグラスの気配が去る。

ルナは寝台に歩み寄った。

「陛下……」

掠れた声に、ファルークが朦朧としながらルナに顔を向ける。

「……そなた、は……」

「……ファルーク陛下、私は……」

しかしファルークは、ルナの言葉を遮るように痩せこけた手を持ち上げた。

その青い瞳は、靄が掛かっているかのように濁っていた。

「……すまぬが、もう目がほとんど見えぬのだ……」

「！」

「儂に残された時間は少ない……そなたに、託したいものがある……」

振り絞るようにそう言い、震える指で空中に紋らしきものを描く。

さらに数節の呪文を唱えると、空間に青い光が現れた。

その光はファルークの手の上で収縮し、古びた鍵へと変化する。

「！　空間から鍵が……！　これは……」

その鍵は見たことのない素材でできており、青い紋様が刻まれていた。

ファルークが、乾いた呼吸の合間に告げる。

「これは、古代兵器の鍵だ」

「な……！　古代兵器……本当に存在していたのか……！」

驚くルナに、ファルークは頷いた。

「そうだ。これはおとぎ話ではない……我が国には、ナユタ帝国時代に生み出された恐ろしい古代兵器が眠っておるのだ。その古代兵器を操ることができるのは、代々王家に受け継がれてきたその鍵を持つ者のみ……その鍵に王家の血を滴らせることで、その者が古代兵器の所有者となり、意のままに使うことができるようになる」

やつれた国王の双眸に、鋭い光が浮かんだ。

「だが、我々ラステル王国の王家の使命は、私欲のために古代兵器を利用することではない。この恐ろしい兵器が邪な者に悪用されることがないよう、封じ続けることこそが使命なのだ。古代兵器は、世界を焼き尽くすほどの強大な力を秘めておる。そればかりではない、高度な防衛機構を備えていて、決して破壊することはできぬという……だから我らラステル王家は、代々その鍵を受け継ぎ、恐ろしい兵器が誰の目にも触れることがないよう守り続けてきたのだ」

ファルークは、震える手でルナに鍵を差し出す。

「儂はもう長くない……これをそなたに託す……」

「し、しかし……」

「頼む、もはや頼れる者は他におらぬのだ……その鍵を決して邪なる者に渡してはならぬ。そう……我が弟には、決して――」

国王が言いかけた時、ヒュッ、と鋭い音が空気を裂いた。

「ッ⁉」

ルナがとっさに跳び退る。

刹那、ルナがいた空間を黒い鞭が引き裂き、さらに国王の手から鍵を弾き飛ばした。

「う、ぐ……！」

「っ、陛下！」

弾かれた鍵が石床を滑る。

地下牢の入り口で、それを拾い上げる者があった。

「はは、はははは！　ついに、ついに手に入れたぞ！」

「ダグラス、貴様……！」

睨(にら)み付けるルナの視線の先で、鞭を手にしたダグラスは邪悪に笑った。

「ずっとこの時を待っていたのだ、愚かな兄が偽(にせ)の王女に鍵を託す、この瞬間をな……！　この鍵さえあれば、古代兵器は我が意のまま……これで世界は私のものだ！」

「させるか！」

ルナはダグラスを拘束しようと糸を構える。

「(相手は仮にも王弟だ、傷付けないよう手心を加えて――！)」

しかし次の瞬間、ダグラスが壁の煉瓦(れんが)を押し込んだ。

地下室全体がごごごご、と振動する。

「なんだ……!?」

ルナはファルークを背に庇(かば)って警戒し――刹那、天井から格子(こうし)が降りてきてルナと国王を閉じ込めた。

「な……!?　ここはただの地下室ではなく、牢獄(ろうごく)だったのか……！」

ルナは息を呑んだが、すぐに冷静さを取り戻した。

「だが、私の糸に掛かれば……『乱舞』！」

シュパパパパパッ！

格子目がけて、切れ味鋭い糸が舞い乱れる。

しかし、

バチィッ！


格子に黒い雷撃が走り、糸を弾いた。

「な……!?」

驚くルナに勝ち誇るように、ダグラスが笑う。

「無駄だ、これも古代文明が残した遺産のひとつ。捕えた獲物を決して逃がさぬ牢獄だ。古代兵器の秘密を探る内に偶然発見し、いずれこうなることを見越して機会をうかがっていたのだが……ククク、思いのほか上手くいったな」

「くっ、全て計算ずくか……！　まさかファルーク陛下が病に伏せられたのも貴様の仕業か……!?」

「ほう、勘が良いな」

ダグラスは懐から小瓶を取り出した。

「兄上に盛ったのは古代の毒だ、毒に精通している者でも看破できぬ。残念だがこの解毒薬を飲ませぬ限り、遠からず地下で朽ちていく運命だ。だが安心するがいい、古代兵器はこの私が正しく使ってみせよう」

ダグラスは手の中の鍵を恍惚と見つめた。

「私にも鍵の所有者となる資格は充分にある。なにせ偽の王女とは違い、紛うことなき王家の血が流れているのだからな！」

「ダグラス、貴様……私の言葉に耳を傾けないふりをして、私が本物の王女ではないことはとっくに知っていたんだな！」

「ああ、そうだとも。本物の王女は、まだ幼い頃に私がこの手で【嵐の谷】に投げ捨てたのだからな！」

「な……なんだと……!?」

「全てはこの時のため……長き雌伏の時を経て、ようやく時が満ちたのだ！　ハハ、ハハハハハ！」

ダグラスは哄笑と共に、ナイフで指先を切った。

傷口から溢れた血を鍵に滴らせる。

その瞬間、鍵が禍々しく輝いた。

青い紋様が掻き消され、代わりに黒い紋様が不気味に浮かび上がる。

「あ、あれは……！」

「クク、ハハハ！　今やこの鍵は私を主とした！　これで誰であろうが手も足も出まい！」

ダグラスが空中に紋を描くと、鍵は黒い光の中へと消えて行った。

「さて、まだ祝賀パーティーの途中だったな。ククク……古代兵器の復活を祝し、私が世界の王となるための、なんとお誂え向きの舞台であることか。私が王の器であることを頑なに認めなかった無能な貴族、暗愚な臣下どもめ……我が力と恐怖こそがこの世を統べるに相応しいと、あの愚かな連中に知らしめてくれるわ！」

「くっ、貴様……！」

唇を噛むルナを、ダグラスは冷ややかな目で見遣る。

「お前の役目はここで終わりだ、偽王女よ。この牢は中からは決して開けられぬ。その老いぼれと仲良く、世界が我が手に落ちるのを見届けることだな。……生きていればの話だが」

「待て！」

ダグラスは、ルナとファルークを地下牢に置いて階段を上っていく。

そして上階からダグラスが叫ぶのが聞こえてきた。

「皆の者、心して聞け！　国王が乱心した！　あの王女は偽物で、国王に毒を盛っていたのだ！　それだけではない、あの卑怯な賊め、弱った国王を唆して傀儡にし、国を乗っ取ろうとしていたのだ！　これより国王に代わって弟である私が執務を執る、ここから先へは誰も通すな！」

「は、はっ！」

ばたばたと足音が行き交い、扉が閉められたのか、その音も遠ざかる。

地下室には、ファルークの苦しげな息遣いだけが残された。

「なんとかしてここを出なくては……『乱舞』！」

ルナは再び格子に糸を放ったが、やはり雷撃によって弾かれる。

「くっ、この雷撃、一筋縄ではいかないぞ！　さすがは謎に包まれた古代の技術……このままでは国王陛下が……！」

ファルークは意識が朦朧としているようで、荒い呼吸を繰り返すばかりだ。

ルナは深く深呼吸して思考を巡らせた。

「まさか古代兵器が本当に存在していたなんて……。ダグラスはその古代兵器を使って、世界を掌握するつもりだ。あの鍵を取り上げたところで、古代兵器はラステル王家の者しか所有者として認めない……一体どうしたら……！」

その時、遠く聞き覚えのある声が響いてきた。

「「「「ルナ様――――――――――――っ！」」」」

「こ、この声は……⁉」

ルナははっと顔を上げた。

階段の上から揉み合う声が聞こえて来る。

「こ、こら、この下へは立ち入り禁止だぞ――」

「どきなさいよ！　私たち、ルナ様を助けなきゃいけないんだからっ！」

「邪魔するなら、フライパンでこうしちゃうわよ！（ゴン！）」

「うわあっ⁉　や、やめないかっ！」

「やめるものですか！　喰らいなさい、ホウキ攻撃ーっ！（ざりりりりりり！）」

「いたたたた⁉　このっ、い、いい加減に……！」

「もうっ！　聞き分けのない子は、お盆でバーンよ！（バァアアアアアンッ！）」

「あああああ耳がぁぁぁぁぁ⁉」

「な、何だ⁉　何が起こってるんだ……⁉」

どたばたと喧噪がしたかと思うと、複数の足音が階段を駆け下りてくる。

そして。

「愛しのルナ様！　助けにまいりました――――っ！」

「お、お前たち！」

現れたのは、ルナのお世話をしていたメイドたちであった。

ルナを見て歓声を上げる。

「良かった、ご無事だわ！」

「なにこの檻⁉　このお城、地下牢なんてあったの⁉」

「あっ、ファルーク陛下がこんな所に⁉　顔色がお悪いわ、大丈夫かしら⁉」

きゃあきゃあと騒ぐメイドたちを、ルナは呆然と見つめた。

「な、なぜここに……⁉　ダグラスが戒厳令を敷いたのではないのか⁉」

「ええ、急にお城が騒がしくなったと思ったら、ダグラス様が、ルナ様が本当はとんでもない悪党だったとかなんとか喚いていて……でも私たち、絶対絶対絶っっっ対にそんなわけないと思って、すぐに助けに来たのです！」

「ルナ様がファルーク様に毒を盛って唆したなんて、そんな酷いことをするわけがありません！」

「そうよ、ルナ様がどんなに清廉で心優しい方か、私たちが一番よく知ってますもの！」

「たとえルナ様が本物の王女様ではなくても関係ないです！　私たちは何があってもルナ様の味方ですからっ！」

「みんな……」

思わず声を震わせるルナに、メイドたちは頼もしく笑いかけた。

「安心してください、すぐに出してさしあげますからね！」

「ねえ、この格子、扉がないわ⁉」

「えっ⁉　じゃあどうやって外に出せばいいの⁉」

ルナは格子の間から声を張った。

「この牢獄、ダグラスは『中からは決して開けられない』と言っていた。逆に言えば、外からは開けられるということだ。どこかに仕掛けを解く装置があるはずだ。この格子を降ろす時、ダグラスはその辺りの煉瓦を押し込んでいたが……」

「分かりました！」

「絶対に探し出してみせます！」

メイドたちがわちゃわちゃと壁や床を探る。

「うーん、暗いわ！」

「ここかしら？　……だめ、何も起こらないわ」

「格子を降ろす時と上げる時、別の仕掛けなのかしら？」

「（ガシャアアアン！）やだ、壺を壊しちゃった！」

「ふう、地下って湿気がこもるわね、汗が止まらないわ」

ルナはてんやわんやするメイドたちを見かねて声を掛けた。

「そんなに動いたら暑いだろう、羽織は使っていない燭台に掛けておいたらどうだ？」

「ああルナ様、ご自身が大変な状況なのに私たちを労ってくださるなんて、なんてお優しいのっ？」

「はいっ、そうします！」

メイドが、壁にならんでいる燭台のひとつに羽織を掛け――

ガゴオオオオオオンッ！

格子が重たい音を立てながら上がった。

「えええええええええ!?」

「すごいわ、檻がなくなったわ⁉」

「愛の力だわ⁉」

「ありがとう、助かったぞ！」

解放されたルナに、メイドが服を差し出す。

「ルナ様の服をお持ちしました！　ドレス姿も可愛くて大好きですけれど、少し動きにくいかしらと思って……」

「国王陛下は私たちに任せて、行ってください！」

「きっとお仲間が待っていらっしゃいます！」

「ああ、頼む！　王弟の企み、必ずや阻止してみせる！」

ルナはすぐに着替えてファルークをメイドたちに預けると、階段を駆け上がった。

＊＊＊

時は少し遡り、王城の中庭。

「ルナ、どこに行っちゃったのかしら」

レクシアは大道具の陰から顔を出して、辺りを見回した。

あの後、なんとか別の奇術で場を取り繕い、サーカスは大盛況の内に幕を閉じたのだが、主役であるルナがいなくなったため、祝賀パーティーは中断したままだった。

観衆たちも戸惑った様子でパーティーの再会を待っている。

新進気鋭のサーカス団として注目を浴びすぎてしまったレクシアたちは、ひとまずいつもの服に着替えて、人目につかないように待機していたのだ。

「ルナさん、ダグラスさんに連れて行かれたまま、戻って来ないですね……」

「うん……何か嫌な予感がするな……」

その時、蒼白な顔をした式典長が城から飛び出してきた。

「み、皆様、祝賀パーティーは中止とします！」

「ええっ⁉」

「た、大変申し訳ございません、王宮内で少々、その、問題が発生いたしまして……ひとまず、本日はお帰りください！」

急転直下の事態に、ざわめきと動揺が広がる。

セレネも眉を顰めた。

「祝賀パーティーが中止？　一体何が――」

すると、城の中にいたらしい客のひとりが中庭に駆けつけた。

「おい聞いたか、あの王女は偽物だったそうだぞ！」

「さっき、兵士たちが噂(うわさ)しているのを聞いたんだ。偽物の王女が国王を毒で弱らせて、国を乗っ取ろうとしていたとか！」

「「「えええええ⁉」」」

レクシアたちは誰よりも驚いて叫んだ。

「何よ、それ⁉　ルナがそんなことするわけないじゃない！」

「そうです！　絶対にあり得ないです！」

王女姿のルナを目にしたばかりの客たちもうろたえている。

「そんな、あんなに可愛らしい方が……」

「偽物だったばかりか、そんな恐ろしい計画を立てていたなんて、信じられないわ……」

「偽の王女は地下牢(ろう)に投獄されたそうだぞ。偽王女の傀儡となってしまっているファルーク様に代わって、今後は国王の弟君であるダグラス様が政務を執るそうだ」

「だ、ダグラス様が？　風の噂に、かなりの野心家だと聞いたことがあるが、大丈夫だろうか……？」

「ああ、権力を握って暴走しなければいいが……」

貴族たちが不安げに顔を曇らせる。

セレネは唇を噛んだ。

「ダグラスめ、ついに動き始めたか……！」

「ルナは地下牢に閉じ込められてるって言ってたわね！　すぐに助けに行きましょう！」

「はい！」

しかしレクシアたちが動き出すよりも早く、バルコニーに人影が現れた。

「あ、あれは……！」

「ダグラスだわ……！」

「あいつ、一体何を……！」

レクシアたちや観衆が見守る中、ダグラスは狂気じみた笑みを浮かべる。

「皆の者、聞くがいい！　これより、私こそがこの国の——いや、この世界に君臨する真の王となる！　貴様等にはこの歴史的な瞬間を見届ける栄誉を与えよう——この世の全てが我が力にひれ伏す様を、その目に焼き付けよ！」

「な……!?」

ダグラスは空中から黒く光る鍵を引き出した。

鍵を高く掲げ、ひび割れた声で吼える。

「さあ目覚めよ、世界をも焼き尽くす究極の古代兵器――【機兵】よ！」

「な――古代兵器だと⁉」

セレネが驚愕（きょうがく）の声を上げると同時、ダグラスの呼びかけに応えるように、突如として地鳴りが響いた。

ドドドドドドドドドォォォォォォオオオッ！

地面が激しく揺れ、観衆が悲鳴を上げる。

「きゃっ⁉」

「じ、地震か……⁉」

客たちが伏せる中、レクシアははっと城の背後を指さした。

「あ、あれを見て！」

城の背後に聳（そび）える石の祭壇が、がらがらと崩れていく。

そして崩れた祭壇の中から、石の巨人が現れた。

「ヴオオオオオオオオオオオッ！」

「な――」

それは誰も見たことのないような恐ろしい怪物だった。

城を覆うほどの巨軀に、禍々しく光る両眼。石のようにごつごつと隆起した体表には黒い紋様が浮かび上がり、不気味に蠢いている。

厚い胸には石を切り抜いて造ったような玉座を備え、そして何よりも異様なのは、その下に設えられた巨大な砲身であった。

見る者を圧倒する威容に、周囲の人々から悲鳴が上がった。

「な、なんだあれは……!?」

「い、石の巨人……!?」

レクシアたちも思わず声を引き攣らせる。

「あ、あれは何なの……!?」

「さ、祭壇が崩れて、石の巨人が現れました……!」

「そんな、まさか……古代兵器が実在していたというのか……!?」

セレネが蒼白な顔で後ずさった。

「古代兵器って!?」

「そ、そういえば、さっきダグラスさんもそんなことを言っていたような……!」

驚くレクシアたちに、セレネは緊迫した面持ちで告げる。

「ラステル王国には、古代兵器が眠っているという伝承があるんだ。凄まじい力を持つ兵器で、【雷砲】と呼ばれる攻撃によって、遠く離れた国でさえ容易く滅ぼすという……！」

「ええっ⁉」

「あ、あれがその古代兵器なんですか⁉」

セレネは震える唇を噛んだ。

「信じたくはないけれど、そうとしか考えられない……！　おとぎ話だと思っていたが、まさか本当に存在していたなんて――しかもそれをダグラスが手に入れただと……⁉」

ダグラスが高らかに笑って鍵を掲げる。

「さあ、悠久の眠りより蘇った【機兵】よ！　我こそが貴様の主だ、その玉座に迎え入れるがいい！」

「ヴオオオオオオオオオオオオ！」

機兵が軋みを上げながらかがみ込んだ。

石の手のひらにダグラスを掬うと、主砲の上にある石窟へと運ぶ。

ダグラスは石で作られた玉座のような座に収まり、遠く大地を見晴るかした。

「はは、ははははは！　いいぞ、この世界を恐怖で支配してやる！　まずはどこでもいい、何もかもを焼き尽くし、その力を世界に知らしめるのだ！」

「ヴォォォォオオオ……！」

刹那、古代兵器の全身に黒い脈のような光が浮かんだ。

禍々しい光が不気味に脈打ちながら、主砲に集まっていく。

「あれは……まさか、雷砲を放とうとしているのか⁉」

「いけない、止めなきゃ！」

「はい！ もしあんなのが暴れたらここも危ないです、皆さんすぐに離れてください！」

ティトの叫びで我に返った人々が、雪崩を打って逃げ出す。

レクシアはストーム・ベアーに駆け寄ると、逆立っている毛を撫でながら語りかけた。

「お願い、なるべくたくさんの人を乗せて逃げて！ 王都を出て、できるだけ遠くまで走るのよ！」

「グオオオオオ！」

ストーム・ベアーは頷くと、腰を抜かしている人々をくわえては背中に放り上げ、城の外へと走り出した。

「さあ、行きましょう！ 絶対にダグラスを止めるわよ！」

レクシアたちは逃げ惑う人の波に逆らって、城へと飛び込んだ。

＊＊＊

「早く城の外へ！　できる限り離れるんだ！」

地下牢から脱出したルナは、混乱する人々に叫びながらダグラスの元を目指していた。

悲鳴が渦巻く中、窓から見える石の巨人を睨み付ける。

「くそ、あれが古代兵器か……！　なんという大きさだ……！」

城内を駆け抜け、塔を登る。

ひしゃげた窓を蹴り破って、屋根の上に躍り出た。

機兵の胸に座したダグラスを見上げて叫ぶ。

「そこまでだ、ダグラス！」

ダグラスがルナに気付いて眉を跳ね上げる。

「む？　貴様、あの牢獄から逃げ出したのか、一体どうやって……フン、まあいい。古代兵器を手に入れた私に敵はいない」

「貴様の思い通りなどにさせるか！」

ルナはダグラスに狙いを定めて糸を構え――

「オオオオオオオオオオオオオオ……！」

機兵がルナに向かって手を持ち上げる。

その指先から、黒い光線が放たれた。

「くっ⁉」

チュインッ――ドゴオオオオオオオオオオオッ！

屋根を転がって避けた直後、ルナが立っていた場所が激しく砕け、塔が半壊した。

「ッ、なんて威力だ……！」

戦く(おののく)ルナを追って、光線が走る。

「ははは、そら、逃げろ逃げろ！　消し炭になってしまうぞ！」

「くっ！『桎梏(しっこく)』！」

ルナは走りながら、機兵の指目がけて糸を放った。

シュルルルルルッ！

「はっ！」

ルナが腕を引くと、巻き付いた糸がそのまま機兵の指をねじ切る――はずが、一切ダメージを与えられない。

それどころか機兵はただの腕の一振りで、強靭な糸をあっさりと振り払った。

「オオオオオオオ！」

「なっ……⁉　まさか――『螺旋』！」

ルナは即座に次の攻撃に移った。

糸の束が激しく回旋しながら、機兵に直撃する。

しかしミスリル・ボアさえ容易く砕くその技は、わずかに表面を削るのみに留まった。

「糸が通用しないだと……⁉　そうか、あの装甲はただの石ではなく、古代技術によって製造された特殊な素材なのか……！　――くっ⁉」

機兵の指先が黒く光るのを見て、咄嗟に跳び退る。

ズガガガガガガガッ！

逃げるルナを追って、黒い光線が屋根を削りながら迫った。

激しい掃射によって壁が崩れ、土埃が立ち込める。

「なんて正確な攻撃だ……！」

光線は執拗に獲物を追いかけ、ルナの身体能力をもってしても躱すだけで精一杯だった。

チュインッ！

「ッ！」

頭を貫こうとした光線を、身を投げ出して間一髪で避ける。

すぐに立ち上がろうとした足が、瓦礫に取られた。

「っ、しまった……！」

一瞬動きが止まったルナに向け、土煙の向こうで黒い閃光が瞬く。

「(くっ、終わるのか……!? こんな所で――！)」

背中に冷たい汗が流れた、刹那。

凛と眩い声が差し込んだ。

「ルナ――――――――――――――――――ッ！」

「!? レクシア……!?」

その声の主を捜すよりも早く。

「行くよ、レクシアさん！ ――『紅風』ッ！」

凛とした声と共に凄まじい熱風が吹きすさび、一瞬にして辺りを覆う土埃が散らされた。

そして爆風に乗って、レクシアが飛び出してくる。

「レクシア……！」

レクシアに飛びつかれたルナは、そのまま屋根から足を滑らせた。

紙一重で、今まで立っていた場所を光線が穿つ。

「っ！『蜘蛛』！」

城を挟んで機兵の反対側にある庭に落ちていく中、ルナはレクシアを抱えたまま糸を放ち、宙にぶら下がった。

レクシアが目を輝かせてルナを見つめる。

「良かった、間に合ったわ！」

「レクシア！　お前はまたこんな無茶を……！」

ルナが言い終わるよりも早く、レクシアは縋るようにルナを抱き締めた。

「ルナ、やっと会えた……！」

「……大袈裟だな、さっき会っただろう」

「そうだけどっ、さっきはちゃんと言えなかったんだもの！」

レクシアは少し潤んだ目を伏せて、ルナに頬をすり寄せる。

「あのね、ずっと寂しかったわ……私やっぱり、ルナがいないとダメみたい」

「……ああ」

目を細めるルナの頬を両手で包み、レクシアは眩く輝く翡翠色の瞳でルナを見つめた。

「もう離れちゃダメよ。ルナは、私の護衛なんだから！」

「ふっ……言われなくても、こんな無茶ばかりするお姫様を放っておくわけにはいかないからな」

ルナは小さく微笑み、柔らかな温もりを抱き締め返した。

糸で減速しながら、ふわりと着地する。

するとティトが物陰から手招きした。

「こっちです、レクシアさん、ルナさん！」

二人はティトに導かれて、崩れかけた壁の陰に駆け込んだ。

ティトが泣きそうな顔でルナに抱き付く。

「わあああルナさん！　ご無事で良かったです！」

「ああ、心配かけたな」

ルナに撫でられて喉を鳴らすティトに、レクシアが尋ねる。

「ティト、避難状況はどう？」

「はいっ、東側の避難は完了しましたっ！」

そこに、フードを目深に被ったセレネも駆けつけた。

「西側も確認できたよ、王城は無人だ。王都の人たちもすぐに避難するよう、兵士たちが誘導してくれている」

剣を携えたセレネを見て、ルナが目を見開く。

「セレネ！　先程煙を払ったのは、セレネの魔法か？　それに、なぜレクシアたちと一緒に……」

「少し込み入った事情があってね。それにしても、無事で良かった」

セレネはフードをずらしてルナに笑いかけた。

その顔を見て、ルナが驚く。

「な……そ、その顔、私とそっくりだ……！」

「うん、そのせいでルナさんを巻き込んでしまった、本当に申し訳ない……。詳しいことは後で説明しよう。今はダグラスを止めることが先決だ、私も共に戦うよ」

ルナは我に返ると、鋭い目で頷いた。

「ああ。ダグラスは、あの古代兵器――【機兵】を使って、世界を掌握するつもりだ」

レクシアたちは崩壊した壁越しに、機兵の玉座にいるダグラスを睨み上げた。

ダグラスは半壊した城を苛立たしげに見回している。

「どこに隠れているのだ、目障りな小娘どもめ……だがどんなに逃げても無駄だ、この機兵がある限り、私は無敵だ。すぐに塵も残さず消し飛ばしてくれるわ！」

その間にも、主砲は黒い光を集めていた。

セレネが唇を噛む。

「あの雷砲、伝承が本当なら、国ひとつを簡単に消し飛ばすほどの威力があるという。もし放たれれば、大勢の罪の無い人々が犠牲になるぞ……！」

「その雷砲っていう攻撃が放たれる前に、あの砲台を壊しちゃえばいいんですよね！」

「いや、それは難しいだろう」

主砲を指さすティトに、ルナが首を横に振る。

「機兵の装甲はかなり強固だ、おそらく古代の特殊な素材が用いられている。私の糸が通用しなかった」

「ええっ!?　る、ルナさんの攻撃が効かないなんて……！」

「他に雷砲を止める手立てはないの!?」

レクシアの問いに、セレネが焦りに顔を歪める。

「ダグラスから鍵の所有権を奪うことができれば、止めることはできるだろう。けれど機兵は古代技術の粋を集めた究極の兵器だ、おそらく鍵の持ち主を守るための防衛機構を備えているに違いない。果たして雷砲が放たれるまでに、鍵を取り戻せるかどうか……」

「ど、どうしましょう、もう時間がありません……！」

ティトが焦る通り、主砲は今やその砲身から邪悪なオーラを溢れさせていた。

その時、レクシアがはっと顔を上げる。

「止められないのなら、撃たせちゃえばいいのよ！」

「ええっ⁉」

「ど、どういうこと、レクシアさん……⁉」

驚くティトとセレネだが、その横でルナが目を見開いた。

「そうか……そういうことか！」

「ええ！」

レクシアとルナは頷き合うと、ティトとセレネに作戦を説明する。

「！　す、すごいです、そんなことを思いつくなんて……！」

「それなら間に合うかもしれない……いや、それしか方法はない。レクシアさんの機転には、いつも本当に驚かされるな」

　ティトとセレネが目を丸くする。

ルナは険しい表情で、自分たちを捜して首を巡らせている機兵を振り仰いだ。

「問題は、奴の指先から放たれる光線だな……あの攻撃をかいくぐって作戦を遂行するのはかなり骨が折れるぞ」

「一か八か、やってみるしかないわ！」

　レクシアは瞳に決意を漲らせ、高らかに宣言した。

「名付けて、『ぐるぐるどしーん大作戦』よっ！」

＊＊＊

「それじゃあ——『ぐるぐるどしーん大作戦』、開始よ！」

　レクシアの合図と共に、ルナとティト、セレネは物陰から飛び出した。

　散開するや機兵を目指し、瓦礫の合間を縫って走る。

「おや、そこにいたのか、ねずみ共」

チュイン、チュイン！　ズガガガガガガガガガッ！

三人を狙って、機兵の指先から光線が降り注ぐ。

ルナたちはその掃射を辛うじて避けた。

「ほう、なかなかすばしっこいではないか！　だがいつまで保つかな⁉」

ルナは一旦瓦礫の裏に滑り込んで、唇を噛む。

「くっ、やはり散開した程度では撹乱できないか……！」

「うう、せめてあの光線さえ止めることができれば――【烈爪】！」

「『火斬衝』ッ！」

光線を放つ指に向かって、別の場所からティトが真空波を飛ばし、セレネも火炎の衝撃を放つ。

しかし石の装甲に傷を付けることさえできず弾かれた。

「だ、ダメです、全然ダメージを与えられません！」

「まさか指一本落とせないとは……！」

「ルナたちさえ苦戦するなんて、なんて厄介なの……⁉」

機兵の死角から見守っていたレクシアは、はっと荷物袋に手を入れた。

「そうだわ、これを使えば……！　えーいっ！」

色鮮やかな球体を、頭上に向けて思いっきり投げる。

球体が崩れかかった屋根に当たって炸裂するやいなや、ルナたちの頭上に赤や青、黄色の煙が勢いよく広がった。

「なっ、煙幕⁉　なぜこんなものを持ってるんだ⁉」

「ルナを攫う時に使う予定だったのよ！　ともかく、これであっちからは見えなくなったわ！」

「わあ、助かりました！」

「よし、一気に行こう！」

三人は色鮮やかな煙幕の下、機兵の目を逃れながら走る。

しかし。

「ははははは、無駄なことを！」

チュイン！

煙幕の上から黒い光線が降ってきて、ルナたちの足元を抉った。

「くっ⁉」

とっさに避ける三人だが、光線は煙幕越しに正確に追ってきた。

「そんな！　向こうからは見えないはずなのに、どうやって狙ってるのよ⁉」

「あわわわわ、しっぽが焦げちゃう……！」

「どんな方法を使っているのか分からないけれど、奴はこの煙でも私たちの位置が正確に把握できるみたいだね……！」

「とにかくやるしかない！　走れ！」

なんとか光線を避けながら、機兵の足目がけて駆ける。

「ええい、ちょこまかと鬱陶しい……――！」

ダグラスは忌々しげに口を歪めたが、雷砲が怪しく輝き始めたのを見て、喜びに顔を染めた。

「ふふ、ははは！　どうやら充填が終わったようだな……いよいよだ、この一射を以て、世界は私にひれ伏すだろう！　虫ケラがどんなに足掻こうと取るに足らぬ！　絶望の始まりの号砲を轟かせてやれ、機兵よ！」

「オオ、オオオオオオオオオオオオオオオオオオオオ！」

機兵が吼え猛る。

雷砲が不気味な唸りを上げ、どことも知れぬ遠い地へと狙いを定めた。

砲身を覆っていた黒い光が、砲口に収束し――

レクシアが叫んだ。

「今よ！」

「ああ！」

機兵の足元に、セレネが迫っていた。

かかと目がけて魔法剣を振り上げる。

「『烈砕斬』ッ！」

咆哮と共に思い切り剣を振り下ろすと、激しい爆発が巻き起こった。

ドッ、ガアアアアアアアアアアアアンッ！

凄まじい衝撃に、機兵の足がぐらりと傾ぐ。

「な……!?」

「『桎梏』！」

次いで、ルナが糸を放った。

浮き上がった機兵の足に糸を巻き付ける。

ヒュッ！　シュルシュルシュル！

ダグラスが忌々しげに顔を歪めた。

「馬鹿め、そんなものでこの機兵を傷付けられると思うのか！　すぐに振り払ってやる――」

しかしルナは間髪容れず、ティトに糸の端を投げた。

「ティト、頼む！」

「はい、任せてください！　え――――――いっ！」

ティトは糸を受け取ると、渾身(こんしん)の力で引いた。

「なっ、何をするつもりだ⁉　これは……まさか、貴様ら……⁉」

規格外の怪力によって、巨大な足が持ち上がる。

ダグラスが真っ青になりながら、傾く玉座にしがみつく。

「ぐっ⁉　くそっ、そんな、まさか――最初からこれが狙いだったというのかあああッ⁉」

爆発によって体勢を崩していた機兵は、足を掬(すく)われるままに仰向けにひっくり返った。

ドオオオオオオオオオオオオオオオオオオンッ！

「オオ、オオオオオオオオオオオ……！」

同時に、天を向いた主砲から黒い雷の束が放たれる。

ドッ……――ゴオオオオオオオオオオオオオオオッ！

はるか上空で激しい光が炸裂し、鼓膜が破れるほどの轟音が鳴り響いた。

「きゃあっ!?」

「うっ……！」

凄まじい爆風が雲を吹き散らし、地上まで噴き付ける。

爆発の衝撃で肌がびりびりと震え、かろうじて残っていた窓硝子が粉砕された。

ルナが耳を塞ぎながら呻く。

「空に向かって撃っただけでこの威力か……！」

「ぐうっ……！　クソッ、い、一体何が……！」

ダグラスが玉座から身を起こす。

そして雷砲が空撃ちに終わったことを悟り、その顔が怒りに染まった。

「なっ――おのれ、おのれおのれぇぇぇぇぇぇッ！　この小娘どもがあああッ！」

ダグラスが玉座に拳を叩き付けるが、主砲からは光が失われたままだった。

それを見て、レクシアが目を輝かせる。

「やったわ！　『ぐるぐるどしーん大作戦』、成功よ！」

「はい！　また雷砲を放つ前に、一気に畳みかけましょう！」

「ああ！」

しかしダグラスは四人を見下ろして唇を震わせた。

「くっ、こうなったら雷砲を再充電するしかない……！　機兵よ、【雷壁】を展開せよ！

雷砲の再充塡が終わるまで、何人たりとも手出しさせるな！」

ダグラスの号令と共に、機兵の胸元が黒い輝きを帯び始める。

そして玉座を中心に透明な球体が広がったかと思うと、たちまち機兵を包み込んだ。

「あ、あれは一体何……!?」

レクシアが息を呑む。

球体の表面にバチバチと黒い雷が走っているのを見て、ルナがはっと目を瞠った。

「これは、もしや……――『螺旋』ッ！」

ルナが巨大な球体に向かって糸の束を放つ。

バチィッ！

糸が球体に振れた途端、激しい雷撃によって弾かれた。

「えぇっ⁉　る、ルナさんの糸が通用しない……⁉」

「やはりあの牢獄と同じか……！」

「そんな……何なのよ、あの球体は⁉」

雷の球体の中から、ダグラスの哄笑が響く。

「ははは、残念だったな！　この【雷壁】にはどんな攻撃も通らぬ！　雷砲の再充填が完了すれば、今度こそ私が世界の覇者となる……それまで指を咥えて見ているがいい！」

「ら、【雷壁】……そうか、思い出したぞ……――」

苦々しげに呻くセレネを、ティトが緊迫した顔で振り返る。

「せ、セレネさん、【雷壁】って……⁉」

「古代技術による防御結界のようなものだ。あの状態になると、どんな攻撃も効かない……まさに伝承の通りだ」

「そんな……！　じゃあもう機兵には手が出せないっていうこと⁉」

青ざめるレクシアに、セレネは厳しい表情で答えた。

「そういうことになる。けれど、チャンスがないわけじゃない。雷砲を撃つためには、膨大な熱源が必要になる……雷壁に回している力も、いずれは主砲に集めなくてはならないはずだ」

「ということは……」

ルナの視線に、セレネが頷く。

「次に奴に攻撃できるのは、雷壁が解かれる時——主砲の充填が完了して、奴が再び砲撃を放つ時だ。そして雷砲の再充填が完了するまでには、かなりの日数が必要なはずだよ」

レクシアは雷壁に護られたダグラスを睨み上げた。

「……分かったわ。それじゃあ一旦退いて、戦略を練り直しましょう！」

「ああ！」

一行は雷壁に包まれた機兵に背を向けて退却した。

ダグラスは雷壁の中からそれを見送りながら舌を打つ。

「チッ、小癪な小娘どもが……！　……だがこの機兵、伝承に違わぬ素晴らしい力だ。この力があれば、世界を手中に収めることなど容易い！　ついに世界が私にひれ伏す時が来たのだ……ハハ、ハハハハハ！」

人のいなくなった王都に、邪悪な哄笑が響いたのだった。

第四章　救世主たち

一旦態勢を立て直すために、王都を離れた後。

レクシアたちは、王都を遠く望む森の入り口に立っていた。

「まさかセレネが本物の王女だったとは……」

これまでの経緯を聞き終えたルナが、驚いたように目を見開く。

そんなルナに向かって、セレネは頭を下げた。

「私のせいで巻き込んでしまって、本当に申し訳ない」

「いや、むしろダグラスに目を付けられたのが私で良かった。おかげで、ひとまず世界の滅亡は阻止できたのだからな」

ルナはそう笑いつつ、セレネの顔を興味深そうに見つめる。

「しかし本当に似ているな。これでは城の皆が私を王女だと思い込んだのも無理はない」

「うん、まるで鏡を見ているみたいだ。不思議な気持ちだよ」

瓜二つ(うりふた)な二人の隣で、レクシアがうっとりと頬を押さえる。

「それにしても、ルナのドレス姿、とっても可愛かったわ！」

「はい、すっごく綺麗で、本物のお姫様みたいでした！」

目を輝かせるティトに、ルナが疲れたようにため息を吐く。

「いい経験にはなったが、私にはやはり王宮生活は向いていないと再確認したぞ……」

「って、ルナ！」

レクシアは唐突にルナの頬を両手で挟んだ。

「さらにお肌がすべすべになってない⁉」

「んむ……こら、離せ」

「ただでさえすべすべで羨ましかったのに、さらにきめ細かくなってるわ⁉　一体どういうことなのよ⁉」

「そうか？　自分ではよく分からないが……まあ城にいる間、メイドたちに化粧水やらマッサージオイルやら、散々揉み込まれたからな」

「ずるい、ずるいわ！　私もルナに揉み込まれたい！」

「揉み込まれたいんじゃなくて、揉み込む方なのか……？」

ルナは頬ずりするレクシアを引き剥がすと、目を伏せた。

「……だが、城にいる間、メイドたちが随分よくしてくれた。国王陛下もご立派な方だった。皆無事だといいが……」

心配そうなルナに、セレネが笑いかける。

「城に乗り込む時、父上を抱えたメイドたちとすれ違ったよ。きっと逃げおおせたと思う」

「そうか、それなら良かった。……国王陛下を蝕んでいる毒の解毒薬は、ダグラスが持っている。なんとしてでもダグラスに打ち勝って、解毒薬を手に入れなければな」

「うん」

セレネは噛みしめるように頷いた。

ティトが遥か遠い王都を仰ぐ。

「それにしても、あの古代兵器――ダグラスさんは機兵と呼んでいましたが、とんでもない化け物でしたね……」

「そうだね……あれがダグラスの手に渡ったとなれば、ラステル王国だけではない、世界の危機だ」

セレネの言葉に、レクシアがはっと荷物を引き寄せる。

「そうよ、早く各国の首脳陣に報せて、国王議会を開いてもらわなくちゃ！　それにまた雷砲が放たれたとしても、それぞれの国が自分たちで防御結界を張って防衛すれば、なんとか防げるかもしれないわ！」

レクシアは早速各国の君主宛てに手紙を書き始めた。

「お前、こういう時はちゃんと手紙を書くんだな」

「当然よ、世界の危機だもの！　国王議会の会場は……場所的にも、アルセリア王国に集まっていただくのがいいわね！」

「……もちろんちゃんとアーノルド様にも報せるんだろうな？」

「えっ？」

「えっ、じゃない！　アルセリア王国が国王議会の会場になるんだろう⁉　アーノルド様に報せなくては大混乱に陥るぞ！」

「あ、そっか！　でもまずは遠い国から優先してお知らせしなくちゃね、手紙が届くまで時間が掛かるし！　お父様はあとまわし、あとまわし！」

「ほ、本当に大丈夫なのか……⁉」

「わ、私も、師匠に手紙を書きます！　何か力になってくれるかもしれません！」

真剣な顔で筆を走らせるレクシアとティトを横目に、ルナはセレネに目を移す。

「次に雷砲を起動させるまで、ある程度は時間があるのだったな」

「うん、伝承によるとそのはずだよ。そしてそれまで、雷壁に阻(はば)まれて手出しすることはできない。次にダグラスに接近できる機会は、雷壁の力が雷砲に吸収されて放たれるまでの、わずかな間だけ……雷砲が放たれる直前に鍵を取り返して、鍵の所有権を私に移すことができれば、全て丸く収まる。……問題は、そう上手くいくかどうかだけれど」

眉を寄せるセレネに、ルナが頷いた。

「ああ。あの機兵、半端な攻撃では歯が立たなかったな」

ティトも手紙から顔を上げる。

「それに、あの光線……とても速くて正確で、避けるだけで精一杯でした。煙幕でも構わず狙ってきましたし、どうやってこちらの位置を把握しているんでしょう……？」

「そうだね。雷壁が解かれたとして、あの光線をかいくぐりながらダグラスから鍵を奪えるかどうか……」

三人が難しい顔をしていると、レクシアが手紙を書く手を止めて明るい声を上げた。

「大丈夫よ、こっちには最強のみんながいるんだから！　ルナも帰ってきたし、百人力だわ！」

嬉しそうにそう言って、ルナに抱き付く。

ルナがやれやれと笑った。

「まあ考えていても仕方ない、行動あるのみだ。とはいえ、策もなく突撃したのでは勝ち目は薄いだろう。雷壁が消えるまで、修行が必要だな」

「はい！　光線のことは後で考えるとして……あの機兵、ルナさんの攻撃が効かないってことは、かなり頑丈な素材なんですよね……⁉」

「ああ。あの外装、おそらくミスリルを遥かに凌ぐ強度を誇るだろう。あれでは雷壁が解かれたとしても、手の出しようがないな」

「み、ミスリルよりですか⁉　そ、そんな硬い外装を破壊できるようになるためには、どうやって修行すれば……！」

ティトがしっぽを膨らませて戦く。

するとセレネが口を開いた。

「それなら良い場所があるよ。レクシアさんが手紙を書き終えたら案内しよう」

四人は近くの街で手紙を出すと、早速移動した。

セレネが修行場所としてレクシアたちを連れてきたのは、緑豊かな丘の上だった。

「わあ、大きい柱がたくさん……！」

目の前に広がった光景に、ティトが目を丸くする。

丘の上には、何本もの巨大な石柱が聳えていた。

石柱は大人が十人手を繋いでも足りないほど太く、先端は雲に触れそうなほどに高い。

セレネがごつごつと赤茶けた表面を撫でる。

「この柱は、ナユタ帝国時代に建築された神殿の一部なんだ。屋根や壁は遠い昔に崩れ去ってしまったんだけれど、この石柱だけは何をしても倒れず、傷付けることもできない。現代でも解明されていない、特殊な技術で製造されたと言われている」

「ということは……」

「うん。おそらく、機兵と同等の強度を誇るはずだ」

「それではこれを砕くことができれば、機兵にも通用するというわけか」

「ふおおおお、腕が鳴ります……！」

ティトたちが巨大な石柱を見上げていると、レクシアが声を上げた。

「見て、王都が見えるわ！」

王都の方角を仰ぐ。

遠く、美しい街並みの向こうに、雷壁に包まれた機兵の姿があった。

その威容を見ながら、ルナが低く呟く。

「世界のために、なんとしても奴を倒さなければな」

「はい！　絶対に強くなってみせます！」

「うん。必ずやダグラスを機兵から引きずり出して、己の行いを償わせてやるさ」

レクシアが張り切って身を乗り出す。

「それじゃあ私は、みんなのことを徹底的にサポートするわね！　おいしいごはんを作って、修行の疲れを癒やしちゃうんだからっ！」

「ふふ、それは頼もしいね」

「れ、レクシアさんの、ごはん、ですか……⁉」

「……ちゃんとレシピ通りに作って、くれぐれも変なことはするなよ？」

「しないわよ⁉」

こうして修行の日々が幕を開けるのであった。

＊＊＊

「【点穴爪(てんけつそう)】ッ！」

ガカッ！

ティトは爪を振り上げると、石柱を突いた。

しかし、わずかに表面を削っただけで微動だにしない。

「うう、全然だめです……」

じんじんと痛む手を振っていると、レクシアがバスケットを片手にやって来た。

「お疲れ様、ティト！　それ、【嵐の谷】でも使っていた技よねっ？」

「あっ、レクシアさん！　はい、弱点を突くことで相手を自壊させる技なんですが……どんなに硬い魔物でも通用したのに、この素材には歯が立たないんです……」

「あらら。ティトの技が通用しないなんて、とんでもなく頑丈なのね」

「はい……古代技術、恐るべしです」

ティトがしょんぼりとうなだれる。

レクシアはその背中を優しく撫でた。

「ちょっと休憩しましょう、あんまり根を詰めていたら疲れちゃうわ！　さっき、近くの街でお昼ご飯の材料を買ったの。一緒に食べましょうよ！」

「！　はい！」

レクシアは、バスケットから大きなハムの塊を取り出した。

ティトの顔がぱっと輝く。

「わあ、大きいハム！　おいしそうですね」

「ね！　パンに挟んで食べましょう！」

レクシアは早速ハムを切ろうとするが、なかなか刃が入らない。

「あら？　大きすぎて切りにくいわね」

「爪で切りましょうか？」

「大丈夫よ、ティトは休んでて！　んむむむっ……！」

「れ、レクシアさん、無理しないでください……！」

レクシアはなんとかハムを切ろうと試行錯誤する。

ハムを立てたり寝かせたりして、刃を入れる角度を変え——すると、不意にすっとナイフが入った。

「あら？　この角度なら切りやすいわ！」

綺麗な切り口を見て、ティトが感動する。

「そっか、繊維に沿って切ればいいんですね！」

そう言いかけて、はっと猫耳を立てた。

「そういえば、師匠が言っていました。どんなに硬い鉱物や石でも、力を加える角度によって簡単に砕けることがあるって」

「そっか、ティトのお師匠様——『爪聖』グロリア様は、鉱物に詳しいんだったわね！」

「はい。……もしかして！」

ティトは立ち上がると、石柱に駆け寄った。

真剣な目で石柱の表面をなぞる。

「あっ、この石、よく見ると模様が入っています！」

「本当だわ、気がつかなかった！」

ティトはさらに石目を読み、ある一点を探り当てた。

「分かりました！　たぶんここを突けば……！　【点穴爪】ッ！」

カッ！　――――バキバキバキッ！　バギイイイイイイイイインッ！

狙い澄まして一点を突くと、あっという間に亀裂が入り、先端まで広がる。

そして巨大な石柱が一気に崩壊した。

「わわわわっ⁉」

慌ててレクシアを抱き上げ、降り注ぐ破片から避難する。

跡形もなく崩れ去った石柱を見て、レクシアがはしゃいだ。

「すごいわティト、石柱を割っちゃった！」

「は、はい！　レクシアさんのおかげです！」

「ふふふ、それほどでもあるわ！」

レクシアは胸を張ると、片目を瞑る。

「これで機兵の装甲なんて簡単に砕けるわねっ！　というわけで、心置きなくごはんにしましょう！　お茶とデザートもあるわよ！」

「は、はい！」

瓦礫が積み上がった丘の上で、レクシアとティトはしばし休憩するのであった。

＊＊＊

「はぁ、はぁっ……やはり傷ひとつ付かないか……」

ルナは息を荒らげながら、石柱と向かい合っていた。

「攻撃の速度、切れ味、威力……これまでの戦いで、あらゆる要素を鍛えてきた。それでもまだ足りないとすれば……」

「ルナ、助けて！」

突如としてレクシアの悲鳴が響き、弾かれたように振り返る。

「レクシア⁉」

近くにある森の入り口に、倒れているレクシアの姿があった。

すぐさま駆けつけ、抱き起こす。

「どうしたレクシア、何があった⁉　……ん？　何かべたべたしているな……」

眉を顰めるルナの腕の中で、レクシアは弱々しく呻いた。

「うう……木の実を採ろうと思って森に入ったんだけど、なにかべたべたしたものが絡まって動けなくなっちゃったの……」

「お前……勝手に行動するなと、いつも言っているだろう」

「だって、すごくおいしそうだったから……この木の実でおやつを作って、ルナに食べてほしくて……」

「はあ……。次からは私に言ってくれ、一緒に採ろう。それにしても一体何なんだ、このべたべたは……」

ルナはレクシアの身体に纏わり付いた粘着性の糸を払おうとして、手を止めた。

「ん？　これは——」

「ギシャアアアアアア！」

首を傾げるルナの頭上、突如として不気味な影が飛び掛かってきた。

「ルナ、危ない！」

レクシアが悲鳴を上げるよりも早く、ルナは黒い影に向かって糸を放つ。

「『螺旋』ッ！」

「ギギャアアアアアアア⁉」

巨大な蜘蛛が、腹に巨大な穴を穿たれて地面に落ちる。

「す、すごい……！」

黒い霞となって消えて行く蜘蛛を見ながら、ルナは手を払った。

「【アサシン・スパイダー】か。糸に獲物を絡ませて狩る、厄介な魔物だ。そのべたべたした物も蜘蛛の糸だろう、後でよく水浴びして洗い流すんだな」

「分かったわ！　それにしても、あんな素早い魔物をたったの一撃でやっつけちゃうなんて、さっすが私のルナね！」

「うう、抱き付くな、べたべたする……！」

レクシアはこれでもかとルナに抱き付いていたが、ふと蜘蛛が消えた後に虹色に光る糸の束が残されていることに気付いた。

「あら？　何か落ちてるわね。糸みたいだけど……」

「これは……『殺人蜘蛛の粘糸』だな。アサシン・スパイダーが稀に落とすことがある、特別な素材だ。まさかこんな所で手に入るとは……」

ルナは拾った糸をしげしげと眺め、はっと目を見開く。

「いや、待てよ？　これを使えば——」

「？　どうしたの、ルナ？」

「……ひとまず森の奥に川があるから、水浴びをしていろ。その間に試したいことがある」

「一人じゃ寂しいわ、ルナも付いてきて！」

「はいはい、分かってるさ」

レクシアが水浴びをしている間に、ルナは愛用の糸と『殺人蜘蛛の粘糸』を撚り合わせていく。

そして。

「できた」

粘液をまとい、虹色に煌めく糸が完成した。

水浴びを終えたレクシアが、目を好奇心に輝かせながら身を乗り出す。

「さっきの『殺人蜘蛛の粘糸』を使ったのね！　でも、今までの糸と何が違うの？」

「今やってみせよう。その前に、ちゃんと髪を拭かないと風邪を引くぞ」

「ふふ、やめてルナ、くすぐったいわ！」

ルナはレクシアの髪を拭いてやると、石柱の前へ移動した。

「レクシアは離れていろ。――ティト、柱をこちらに向かって倒せるか」

ちょうど通りかかったティトに声を掛ける。

「ええっ⁉　は、はい、できますが……っ、潰されないように気を付けてください！」

ティトは戸惑いながらも、石柱に向かって身構えた。

「行きます！　【点穴爪（てんけつそう）】ッ！」

ゴガァァァアアッ！

鋭い一撃が柱の根元を砕く。

そして、石柱がルナに向かってぐらりと傾いた。

ゴォォォオオオオオオオオオオオオオ！

天を切り裂くようにして倒れてくる石柱に、レクシアが青ざめる。

「る、ルナ、一体どうするの⁉　潰されちゃうわよ⁉」

「大丈夫だ。この『蜘蛛糸』があればな――『桎梏（しっこく）』！」

ルナが鋭く腕を振るうと、虹色の糸が石柱に巻き付いた。

倒れかけていた柱が、ぴたりと止まる。

「と、止まったわ⁉」

「す、すごいですルナさん！　こんなに大きな石柱を止めちゃうなんて……！」

「これだけでは終わらないぞ――ハッ！」

ルナは指に引っ掛けた糸を鋭く引く。

すると、

キィンッ！　――――ガラガラガラッ！

石柱がブロック状に切断され、一気に崩れ落ちた。

「あわわわ、あ、あの石柱が切り刻まれちゃいました……！」

「しかもあんなきれいな形に！　すごい切れ味だわ！」

美しい切断面を見て、レクシアが目を輝かせる。

ルナは虹色に光る糸を太陽にかざしながら笑った。

『殺人蜘蛛の糸』は、【ブラッディ・オーガロード】の膂力に打ち勝つほどの強度を誇る。さらに粘性と弾力性を帯びているから、斬る以外の応用も利く。ただし限られた素材で作ったため、攻撃範囲が狭いのが難点だが……距離さえ詰めることができれば、動きの遅い機兵相手であれば太刀打ちできるはずだ。

「ただでさえとっても強いのに、さらに武器まで進化させちゃうなんて！　もう向かうところ敵なしねっ！」

無邪気にはしゃぐレクシアに、ルナはフッと笑った。

「まあ、お前のおかげだな……礼を言う」

「えっ、そう!?　そうよね！　私ってば、やっぱり天才だわ！」

「す、すごいです、二人とも……！」

レクシアが照れながら胸を張り、ティトが瞳を輝かせる。

より強化された糸を手に、ルナは機兵が居る王都へと目を馳せた。

「次に奴と対峙するのが楽しみだな」

＊＊＊

「『火斬剣』ッ！」

セレネは石柱に向かって燃えさかる剣を一閃させた。

しかし、わずかに表面に浅い傷を付けるだけに留まる。

「はぁっ、はぁっ……魔法剣をもってしても、この程度の傷しか与えられないとは……。古代帝国の恐るべき兵器……やはり、私の剣では届かないのか……？」

掠れた声で呟いて、手のひらを見下ろす。

白く華奢な手には、古い傷がいくつも刻まれていた。

セレネはいつか国に戻るため、幼い頃から過酷な修練を己に課し、声が嗄れるまで呪文を唱え、鍛え続けてきた。

しかし古代兵器の前には、その技が一切通用しないのだ。

一瞬落ち込みかけたが、すぐに首を横に振る。

「いや、弱音を吐いてはだめだ。私は運命に打ち勝つために強くなったんだから……！　泣き叫ぶことしかできなかった子どもの頃とは違う、今度こそダグラスに打ち勝ち、ラステル王国を——世界を守って、胸を張って父上と再会するんだ！」

セレネが再び剣を構えた時、明るい声が掛かった。

「セレネ、おやつにしないっ？」

振り返ると、レクシアがお茶とお菓子を手に立っていた。

芝生の上に座って、温かいお茶を飲む。

「ふう……助かったよ。少し煮詰まっていたんだ」

「そうだと思って、麓の街で甘い物をたくさん買ってきたわ！」

「ふふ。レクシアさんは何でもお見通しだね」

セレネは笑いながら、パイを口に運んだ。

「ん、おいしい！　このお菓子、初めて食べたよ。外はサクサクで中はとろとろしてる……これは果物かな？」

「そうそう！　砂糖で果物を煮るそうよ。でも強火で煮るとすぐに焦げちゃうから、時間を掛けて少しずつ味を染み込ませるんですって！」

「へえ。手間が掛かっているんだね」

セレネは感心しながら、甘く煮込まれた果物を眺め――ふと、レクシアの言葉が頭に引っ掛かった。

「時間を掛けて、少しずつ……」

何気なく繰り返してから、はっと手元の剣を見下ろす。

「そうか、一息に斬ろうとするから弾かれるんだ。魔法剣の特性を活かして、少しずつ食い込ませてから最大火力を叩き込めば……――」

セレネは剣を取って立ち上がった。

「ごめんレクシアさん、また後で食べるよ！」

「もしかして、何か思いついたのっ？　私も行くわ！」

セレネは石柱に向かって剣を構えた。

深い呼吸を繰り返し、精神を統一する。

刀身が赤い炎に包まれた。

「ふー……行くぞ！『紅蓮斬』！」

咆哮と共に、激しく燃え上がる剣を石柱に叩き付ける。

研ぎ澄まされた刃が、石の表面に浅く傷を刻み――セレネは剣を握る手にさらに力を込めた。

「まだだ、ここからッ……この傷に魔法を注ぎ込めば……ッ！」

セレネの魔力を受けて炎が逆巻き、凄まじい熱に景色が揺らぐ。

するとそれまで微動だにしなかった刃が、石を融かすようにして食い込んだ。

「あっ、石が……！」

「おおおおおおお……！」

真紅の火炎がごうごうと音を立て、刃が深く沈んでいく。

セレネは刃が深く食い込んだ瞬間を狙って吼えた。

「──今！　『烈砕斬』ッ！」

刹那、石柱の芯まで沈み込んだ剣が爆発を引き起こす。

さらに石柱の内部で爆発が爆発を呼び、衝撃が伝播した。

ドガッ！　ズガガガガガアアアアアンッ！

黒い煙を上げながら、石柱が内側から崩壊して倒れていく。

「やはりそうか、内部は外装に比べて脆いんだ……！　一度中で爆発が起これば、衝撃を逃がすことができずに自壊する……！」

「やった！　すごいわ、セレネ！」

手を叩いて飛び跳ねるレクシアに、セレネは笑った。

「レクシアさんが糸口を教えてくれたからだよ、ありがとう。これでダグラスに一泡吹かせてやれそうだ」

セレネは剣の炎を払って鞘に納めると、不敵な笑みを浮かべた。

こうして、レクシアたちは修行の日々を過ごすのであった。

＊＊＊

——レクシアたちが、機兵を倒すべく修行に勤しんでいた頃。

「何ですって⁉」

遠く離れたレガル国で、一人の少女がレクシアの手紙を受け取っていた。

凛と気高い美貌に、洗練された所作。長く豊かな金髪を優美に巻き、品の良いドレスに身を包んでいる。

彼女こそ、レガル国が誇るライラ王女であった。

しかし今その美しい顔は、恐怖に青ざめている。

「ラステル王国で、邪悪な者の手により恐ろしい古代兵器が蘇った……!?」

「な……!?」

ライラの父――レガル国王オルギスが腰を浮かせた。

「こ、古代兵器だと!? もしや、先日ラステル王国の方角で起こった謎の爆発は……」

「ええ、古代兵器の砲撃によるものだそうですわ……!」

レクシアたちが空へと空撃ちさせた雷砲の威力は凄まじく、大陸中から観測されたのであった。

ライラは青ざめた唇を震わせる。

「レクシア様からの報せによると、その古代兵器は世界を容易く滅ぼすほどの強大な力を秘めているとか……。これは世界中の首脳陣を上げて対処すべき事態です、すぐに国王議会を開かなければ！」

「ああ、そうだな。招集場所は――」

「レクシア様より、アルセリア王国に集まるようにとのことですわ。アーノルド様にも、すでにレクシア様からご連絡が行っているはず……お父様、すぐに出発しましょう！」

「分かった、ただちに手配しよう」

険しい顔をしたオルギスが、マントを翻して出て行く。

ライラは窓の外、遠くラステル王国の方角を見つめた。

「レクシア様たち、どうかご無事で……！」

同じ頃、その報せは北の大国――ロメール帝国のシュレイマン帝王の元にも届いていた。

「皆の者、落ち着いて聞いてほしい。……ラステル王国で、伝説の古代兵器が復活したそうだ」

「な、なんですと……⁉」

重々しいシュレイマンの言葉に、臣下たちがざわめく。

その中には、ロメール帝国が誇る宮廷魔術師兼魔導開発担当者、ノエルとフローラの姿もあった。

「ファルーク国王の弟ダグラスがクーデターを起こし、古代兵器によって世界を掌握しようと企んでいるという。我は国王議会に参加するため、急ぎアルセリア王国へと向かう。その間、皆は万一に備えて、魔法による大規模防御結界の準備を進めてほしい――」

「シュレイマン様！」

臣下に指示を出すシュレイマンを、ノエルが青く燃え上がる双眸で見つめる。

「その国王議会において、まさに私と姉の研究成果が役に立ちましょう――今こそ『遠くまで見え～るくん1号』が火を噴く時です！」

「ん……うむ？」

「し、失礼いたしました、シュレイマン様！　私たちもお連れ下さい、何かお役に立てるかもしれません」

ノエルの姉フローラが慌てて通訳すると、シュレイマンは鷹揚に頷いた。

「ああ、無論そのつもりだ。ノエル、フローラ、すぐに出立の準備を！」

「「はい！」」

こうして北の国より、稀代の天才姉妹がアルセリア王国に向けて出立するのであった。

一方、東のリアンシ皇国では。

「それでは、あとを頼む――」

「待って、お父様！」

アルセリア王国へ出立しようとするリュウジェン皇帝を呼び止める声があった。

「私も連れて行ってほしいの！」

強い瞳でそう告げるのは、真紅の髪を持つ幼き皇女、シャオリンであった。

「シャオリン……しかし、お前はまだ幼い。国王議会に参加するには時期尚早では……」

しかしシャオリンは赤い双眸に決意の光を浮かべ、首を振る。

「これは世界の危機なのでしょう？　私も役に立てることがあれば、力を尽くしたいの……次期皇帝として」

リュウジェンは凛としたその表情に一瞬言葉を失い、やがてふっと笑った。

「分かった。頼りにしているぞ、シャオリン」

「はい！」

こうしてラステル王国から広がった激震は、世界を巻き込んでいくのであった。

＊＊＊

その数日後、ラステル王国では。

「みんなすごいわ！　あっという間にこんなに強くなっちゃうなんて！」

石柱だった物が瓦礫（がれき）と化して堆（うずたか）く積もっている光景を見て、レクシアが興奮に頬を染める。

あれからさらに修行を重ねたルナたちは、石柱をなんなく倒せるようになっていた。

「最初は全然歯が立たなくて、どうなるかと心配だったけれど……これで機兵に対抗できそうだね」

「はい！」

額の汗を拭うセレネに、ティトが元気よく頷く。

ルナが遠く見える機兵を仰いだ。

「主砲にかなり力が集まっているな。決戦の日は近そうだ」

「ええ、そうね。それじゃあ決戦に向けて、お昼ご飯を食べながら作戦を立てましょう！」

「……お前、食べてばかりじゃないか？」

「だって、私はみんなの食事係ですもの！　それに、お腹が減っては戦はできないって言うでしょう？」

一行は丘の上で食事を囲んだ。

「要は鍵さえ取り返しちゃえば、全部まるっと解決なのよね！」

ご機嫌でパンを頰張るレクシアに、セレネが頷いた。

「うん。私が鍵の所有者になれば、機兵を制御できるようになるからね」

「その前に、あの主砲を壊しちゃうのはどうですか？　今ならできそうな気がします！」

ティトが張り切って拳を握る。

しかしセレネは真剣な顔で首を横に振った。

「いや、主砲には手を出さない方がいいだろう。何しろ膨大な力を溜め込んでいるからね。下手に刺激すれば、ラステル王国ごと消し飛びかねない」

「ひええ⁉」

「狙うはあくまでダグラスが持つ鍵というわけだな」

ルナはそう呟いてから眉を寄せた。

「とはいえ……あの光線を躱しながら鍵を狙うのは相当難しそうだな」

「そうだね……いくら機兵と同じ素材の石を砕けるようになったとはいっても、相手は石柱とは違う。あの光線がある限り、近付くことさえ容易ではないだろう。間合いに入ることができなければ、せっかくの修行も水の泡だ」

レクシアが口を尖らせる。

「煙幕はいい方法だと思ったのに……煙越しに正確に攻撃してくるなんて、機兵は一体どうやってこちらの位置を把握しているのかしら？」

「ううう、何か攻略法があればいいんですが……」

悩むレクシアたちを前に、セレネが眉を下げる。

「ごめん、私がもっと機兵について知っていれば良かったんだけれど……古代兵器は子どものためのおとぎ話だと思っていて、伝承以上のことは知らないんだ」

うなだれるセレネの背を、ルナは優しく叩いた。

「気に病むことはないさ。ファルーク陛下は、古代兵器の秘密を誰にも言わずたった一人で守っていた。それほど厳重に秘匿されていたということだろう」

「それに、セレネは国を追われた時、まだ小さかったんですもの！　何も知らなくても無理はないわ！」

「そうです！　あっ、このパンとってもおいしいですよ、食べて元気を出してください！」

「ありがとう」

パンを受け取りながら、セレネが笑う。

「それにしてもこのパン、本当においしいね」

「でしょっ？　丘の麓の街で、ちょうど焼きたてだったのを買ったの！　チーズもおまけしてくれたわ！」

「ふふ、レクシアさん、すっかり麓の街の常連さんですね」

「護衛としては、あまり一人で気軽に出歩かないでほしいのだがな……」

四人はそんな雑談をしながら、おいしい昼食に舌鼓を打った。

賑やかな会話の合間に、セレネがスープを掬いながら、ふと歌を口ずさむ。

「熱々スープに焼きたてパン。お腹がすいた石人形、俺にも寄越せと大暴れ。子犬も小鳥も逃げられない。冷たい地下で待ちましょう、スープとパンが冷めるまで……」

レクシアが身を乗り出した。

「それって、出会った時にも歌っていた歌ね！」

「ん？　ああ、うん。ごめん、小さい頃によく聞いていたから、時々出てきちゃうんだ。特に焼きたてのパンや温かいスープを食べている時はね」

恥ずかしそうに笑うセレネに、ルナが笑った。

「初めて聞いた時も気になったが、面白い歌だな」

「セレネさんのおうち――ラステル王家に伝わる歌でしたっけ？」

「そう。眠れない夜に、よく父上が歌ってくれたよ……懐かしいな」

「とっても可愛い歌よね！　熱々スープに焼きたてパン、お腹がすいた石人形……」

レクシアは何気なくセレネの真似をして歌い――はっと目を見開く。

「ねえ、もしかして……！」

「ん？」

不思議そうなセレネに向かって、レクシアは顔を輝かせた。

「その歌、機兵を倒す手がかりなんじゃない⁉」

「え、ええっ⁉」

「ど、どういうことですか、レクシアさん⁉」

セレネとティトが仰天し、ルナが呆れた顔をする。

「突然何を言い出すんだ、お前は……」

「だって、昔から王家に伝わってきた歌なんでしょっ？　きっと機兵が悪者の手に渡った時に備えて、その歌に機兵の弱点が隠されているのよ！」

その言葉に、ティトがはっと耳を立てた。

「そ、そう言われてみれば……石人形は、機兵のことでしょうか……？」

「ねっ、ねっ！　そうよ、きっとそうなのよ！」

レクシアは期待に満ちた目で、セレネを見つめる。

「ねえセレネ、もう一回歌って⁉」

「え、ええと……」

セレネは戸惑っていたが、やがてためらいがちに歌い始めた。

「熱々スープに焼きたてパン。お腹がすいた石人形、俺にも寄越せと大暴れ。子犬も小鳥も逃げられない。冷たい地下で待ちましょう、スープとパンが冷めるまで……」

「どういうことかしら？」

「う、うーん……改めて聞くと、やっぱり普通の童謡のような気がしてきました……」

「やはり古代兵器は関係ないんじゃないか？」

ルナが眉を寄せるが、レクシアははっと手を打つ。

「古代兵器は子犬と小鳥が弱点とか⁉」

「はあ、話が飛躍しすぎだ。もし子犬と小鳥の歌詞を解釈するとしたら、『地を駆けても空を飛んでも逃げられない』という暗喩だろう」

「そっか！　ルナってば冴えてるぅ！」

「そ、そうなると絶望しか伝わってきませんね……⁉」

その時、スープを見つめていたセレネが、はっと目を見開いた。

「冷たい地下で待ちましょう、スープとパンが冷めるまで……」

「何？　何か気付いたの、セレネっ？」

セレネはしばし黙考していたが、思慮深げに口を開いた。

「もしかして機兵は、熱源を感知しているのか……？」

その言葉に、レクシアたちは沸き立った。

「！　それよ、きっとそうだわっ！」

「そ、それなら、煙幕越しにも正確に撃ってきたのも分かります！」

「そうか……思えば確かに機兵は、壁などの遮蔽物の陰に隠れた時は撃ってこなかった。あれは私たちの熱が遮られて感知できなかったからか……まさか本当にその歌が、機兵についての比喩だったとは」

ルナが感心しつつ呟き、レクシアが首を傾げる。

「でも、だとすると、どうやって対策すればいいのかしら？」

「ええと……あっ！　お布団を被って移動するとか！」

「機動性に不安があるな」

「じゃ、じゃあ、氷水で全身を冷やしてから戦うとか……⁉」

「それも動きが鈍りそうだ。戦闘に支障の出ない方法で、うまく撹乱できればいいのだが……」

すると、黙って考え込んでいたセレネが声を上げた。

「……そういうことなら、考えがある」

「えっ？」

「幸い、私は炎魔法の使い手だからね。奴が熱源を感知するというのなら打つ手はある。……ただ、ルナさんの手も借りることになるかもしれないんだけれど……いいかな？」

セレネの視線に、ルナは笑って頷いた。

「もちろん、喜んで協力させてもらうさ」

レクシアが顔を輝かせる。

「これで勝ち目が見えたわね！　次こそはダグラスをぎゃふんと言わせてやるんだから！」

その時、ティトがぴくりと猫耳を動かした。

顔を上げ、王都の方を指さす。

「！　見て下さい、雷壁が主砲に収束していきます！」

一行は立ち上がり、ティトが示す先に視線を送る。

機兵を包んでいた球体が徐々に狭まり、雷砲に吸収されつつあった。

「雷砲の充塡が完了するのか……」

「いよいよだね」

レクシアは金髪をなびかせ、翡翠色に煌めく双眸で機兵を睨んだ。

「ええ、時が満ちたわ——行くわよ、みんな！」

＊＊＊

時を同じくして、レクシアの故郷アルセリア王国では。

「うう、レクシア……今頃どこでどうしているのか……」

国王アーノルドが、自室に飾った愛娘の肖像の前で嘆いていた。

レクシアが『世界を救う旅に出るわ！』と城を飛び出したのは、しばらく前のこと。以来ほとんど何の音沙汰もなく、愛娘恋しさを募らせすぎたアーノルドはついにレクシアの巨大な肖像画を描かせるに至り、こうして自室に飾った絵の前で一日に何度となく悲嘆に暮れているのであった。

「せめて手紙を寄越してくれれば、少しは気が休まるものを……。……それにしても我が娘、可愛すぎるな。これはもう大陸の至宝では？」

麗しい肖像をあらゆる角度からためつすがめつするアーノルド。

そんな大切なひとときを、慌ただしいノックの音が破った。

「陛下！　アーノルド陛下！」

レクシアの護衛──オーウェンの声に、アーノルドは慌てて叫び返す。

「何だ、我は今忙しいのだ！」

「どうせレクシア様の肖像に魅入っているだけでしょう！　そんなことよりお急ぎ下さい、緊急事態です！　──ああもう、開けますよ！」

扉を叩き付けるようにして入ってきたのは、血相を変えたオーウェンだった。

「な、なんだオーウェン、親しき仲にも礼儀ありと言うであろう！」

「そんな寝ぼけたことを言っている場合ではないのです！　今、城内がとんでもないことになっておりまして──とにかく会議室へお急ぎ下さい！」

「なんだというのだ、そんなに慌てて……！」

アーノルドはせき立てられるままに、会議室へと向かう。

そしてその光景を見るなり、目を見開いて立ち尽くした。

「な……！」

各国の国王たちが、アルセリア王国の会議室に招集されていたのだ。

「な、何だこれは⁉　何が起こっているのだ⁉」

「皆様、こちらですわ」

廊下の先から麗しい声がしたかと思うと、レガル国の第一王女ライラが足早に歩いてくるところだった。

ライラの案内に従って、新たに駆けつけた各国君主が続々と会議室になだれ込む。

アーノルドに気付いたライラが、折り目正しく一礼した。

「アーノルド様、お久しゅうございます。此度は突然の事態で――」

「ら、ライラ殿、これは一体どういうことなのだ……⁉」

するとライラは心底驚いたように目を見開いた。

「えっ⁉　レクシア様から伺っておられないのですか？」

「れ、レクシアから⁉　一体何を……！」

「『世界の危機だから、すぐにアルセリア王国で国王議会を開くように』と……」

「初耳だが⁉」

仰天するアーノルドの横で、オーウェンが額を押さえる。

「おそらくですが……各国首脳陣に手紙を送ったことで安心してしまい、肝心の我が国に連絡することを忘れてしまったのでしょうな……」

「そんなことある⁉」

アーノルドは思わず叫んだが、すぐにライラに向き直った。

「そ、それで、世界の危機とは一体……⁉」

「今からご説明いたします。議会の進行は私が務めましょう、アーノルド様も席におつき下さいませ」

「う、うむ、そうだな……各国君主の顔を見る限り、のっぴきならぬ事態らしい」

アーノルドは顔色を失っていたが、すぐに威厳を取り戻すと会議室に入った。

円卓を囲む錚々たる面子を前に、ライラが口を開く。

「皆様、お集まりいただきましてありがとうございます。本日の国王議会は事情により、僭越ではございますが、私――レガル国の第一王女ライラが進行を務めさせていただきます」

参加者たちがざわめく。

「な、なぜライラ様が進行を……？」

「アーノルド様は何をしているんだ……？」

アーノルドは咳払いをした。

「ごほん。静粛に、皆の者。今はライラ王女が発言中である、静かに傾聴するように」

「まさか愛娘にすっかり忘れられていたとは言えませんからな……」

アーノルドの背後に控えたオーウェンが人知れず呟き、ライラが続ける。

「皆様――あ、いえ、こほん。ごく一部のやむを得ない事情のある方を除いた皆様は既にご存じの通り、レクシア様より、ラステル王国で古代兵器が蘇ったとの報がもたらされました」

「こ、古代兵器……」

アーノルドはもとより、既に事情を知っている国王たちの顔にも、さらに緊張が走る。

「王弟ダグラスのクーデターによって、ラステル国王であるファルーク様は危篤に陥り、古代兵器はダグラスの手に落ちました。ダグラスは世界を恐怖で支配するべく、恐るべき砲撃――【雷砲】と呼ばれる攻撃を放とうとしているとのこと。……過日、ラステル王国の上空で謎の爆発が起きたことは、皆様既に把握しておられることと存じます」

ロメール帝国のシュレイマン帝王が、重々しく頷く。

「ああ、大陸の北端に位置する我が国でも、凄まじい爆発による振動が観測された。あれがその古代兵器によるものだというのか」

「はい。ダグラスの狙いは、恐怖を以て世界を掌握すること……いつあの恐ろしい砲撃が大陸全土に向けられるか分かりません。これは正真正銘、世界存亡の危機ですわ」

参加者たちがざわめく。

アーノルドは思わず身を乗り出した。

「そ、それで、レクシアは今渦中のラステル王国にいるというのか……！」

「ええ。お仲間のルナ様、ティト様、そしてセレネ様という方とご一緒に、ダグラスの企みを阻止すべく動かれているとのことです」

「ああ、レクシア！　なんということだ……！」

「アーノルド陛下、お気を確かに」

悲嘆に呻くアーノルドの背を、オーウェンがさする。

しかしアーノルドは、恐るべき胆力で気を取り直した。

重々しく顔を上げ、国王議会開催国の君主として場を仕切りはじめる。

「……うむ。おおよその経緯は分かった。状況は一刻を争う。対策を講じるためにも、まずはラステル王国の現状を把握する手立てを考えなくては……――」

すると、参加者の中から澄んだ声が上がった。

「それについては、私たちにお任せ下さい」

すっと立ち上がったのは、怜悧な美貌を持つ少女であった。

透き通る氷のような髪に、雪を思わせる白い肌。

眼鏡の奥で、アイスブルーの瞳が理知的な光を放っている。

「そなたは……」

驚くアーノルドに、少女は折り目正しく一礼した。

「ロメール帝国の宮廷魔術師兼魔導開発院筆頭、ノエルと申します」

「ノエルは我がロメール帝国が誇る、魔導具の開発者だ」

シュレイマン帝王の紹介に、居並ぶ首脳陣からどよめきが沸いた。

「おお、彼女が噂の……！」

「謎の英雄たちと一緒に、恐るべき『呪王の氷霊』を倒したという噂を聞いたぞ！」

「それにロメール帝国の魔導具といえば、魔法に取って代わる革新的なものばかりだとか……このように可憐な少女がその開発者だとは、俄に信じがたい……！」

賞賛の視線を浴びるノエルの隣で、ノエルによく似た少女も立ち上がる。

「皆様、お初にお目に掛かります。同じく、ロメール帝国の宮廷魔術師でノエルの姉、フローラと申します。此度、危急の事態と聞き及び、ノエルと共にシュレイマン陛下に同行させていただきました」

頭を下げると、ノエルと同じ色の髪がさらりと揺れる。

その物腰は柔らかく優美で、大人びた印象を与えた。

雪のごとく澄んだ美貌に、参加者たちがこぞってみとれる。

「おお、彼女がフローラ殿か！　お噂はかねがね……！」

「素晴らしい魔法の才をお持ちで、常に民のことを考えてご尽力なさっているとか……素晴らしいことです！」

「しかしまさか、ロメール帝国が誇る天才姉妹を揃って目に出来る日が来ようとは……！」

アーノルドが姉妹に尋ねる。

「して、ノエル殿、フローラ殿。何か、ラステル王国の現状を把握する方法が？」

「はい。――例の魔導具をここに」

ノエルが扉に向かって声を掛けた。

扉が開き、ロメール帝国の兵士たちが魔導具を運び込んでくる。

それは金属でできた一抱えほどある箱だった。上部には青い球体が設置されており、側面には水晶のレンズのようなものが取り付けられている。

「こ、これは……？」

「これは私と姉が発明した最新式の魔導具――『遠くまで見え～るくん1号』です」

「と……『遠くまで見え～るくん1号』……？」

自信満々に宣言するノエルとは裏腹に、参加者たちが呆気に取られる。

フローラが慌てて補足した。

「し、失礼いたしました、こちらは『遠隔投影機』です」

「姉さん、せっかく私が可愛い名前を付けたのに……」

「そうね、でも今はひとまず投影機ということにしておきましょう？」

拗ねるノエルを優しくなだめているフローラに、アーノルドが口を挟んだ。

「え、遠隔投影機、とな？」

「はい。本体の水晶と対になっている特殊な水晶を魔術的に同調させて、遠方の出来事を映し出すことが可能です」

「そ、そんなことができるのか……！」

「なんと素晴らしい……！」

参加者たちが驚愕に目を見開く。

しかしノエルは、眉を顰めながら眼鏡を押し上げた。

「ただし、まだ開発途中のため、重大な欠点があり……起動するためには、膨大な魔力が必要なのです。姉は非常に優れた魔術師ですが、私と姉の魔力を合わせても連続使用に限界があります」

「優れた魔力を持つ方があと二人いれば、安定した運用ができそうなのですが……」

フローラも歯切れ悪く俯く。

すると、ライラが名乗りを上げた。

「ならば私にお任せ下さい、魔法に関しては多少の覚えがございますわ」

「おお……！」

周囲の国王たちが目を瞠った。

「レガル国は世界一の魔法大国。中でも第一王女のライラ様は、歴代王家最高の魔力量を誇ると聞き及んでおりますぞ！」

「魔法の才はもちろんのこと、なんと果断であることか……！」

円卓の隅から、一人の少女が声を上げた。

「あ、あの、私も、お力添えできるかもしれません……！」

幼さを残しながらも人形のごとく整った顔立ちに、鮮やかな真紅の髪。

東方の艶やかな服に身を包み、腰に二刀の刀を帯びている。

少女は緊張した面持ちで頭を下げた。お辞儀に合わせて、柄についた鈴がりんと可憐な音を響かせる。

「皆様、初めまして。リアンシ皇国のシャオリンと申します」

その隣に座っている壮年の男――リュウジェン皇帝が言い添える。

「シャオリンは我が皇帝家の末娘で、我の跡を継ぐ次期皇帝だ。国王議会に名を連ねるには尚早かとは思ったが、世界存亡に関わる有事ということで随行してもらった」

「おお、リアンシ皇国の皇女殿……！」

「なんでも、謎の英雄たちと共に七大罪に打ち勝ったとか！」

注目の視線の中、シャオリンは緊張しながら、しかし家庭教師を務めてくれたレクシアたちに恥じないよう凛と声を上げる。

「魔力ではないのだけれど、龍力なら力になれるかもしれません」

「ふむ、龍力とは？」

眼鏡を光らせるノエルに、リュウジェン皇帝が答える。

「リアンシ皇国の皇族に伝わる、特別な力でな。魔力と似ているのだが、より繊細に操ることができる。シャオリンは量、質ともに規格外な龍力の持ち主だ」

ノエルが身を乗り出した。

「なるほど、興味深いですね。聞いたところ魔力と相似がありそうです。すぐに解析して調整しましょう」

ノエルとフローラは、さっそく魔導具の調整に入った。

作業する二人を見ながら、リュウジェン皇帝が口を開く。

「しかし不思議なものだな、遠方の映像を映し出すとは。特にその水晶、特殊な素材が必要になりそうだが……」

「はい。この水晶は、『爪聖』グロリア様にご提供いただきました」

「なっ⁉『爪聖』とは、世界最強の爪術を持つ『聖』のことか⁉」

「はい。グロリア様は鉱物を研究していらっしゃるため特殊な素材にも詳しく、この魔導具の開発に協力してくださったのです」

「なんと……！」

驚いているリュウジェンの横から、別の参加者が口を挟む。

「しかし、遠方の映像を投影するためには、本体と対になる水晶が必要なのだろう？　今から水晶をラステル王国に運んだのでは、かなり時間が掛かるのではないか？」

「それに関しましては、こちらの――ジゼル様のご協力を得ています」

ライラが、一人の少女に視線を向けた。

どこか神秘的な雰囲気を纏う少女――ジゼルが慌てて頭を下げる。

「は、初めまして。ハルワ島から参りました、ジゼルと申します」

小麦色に焼けた肌に、艶やかな長い髪。

海のようなエメラルドグリーンの瞳が、宝石のごとく煌めく。

やや緊張しているジゼルに代わって、ライラが紹介した。

「レクシア様からのお手紙で、ジゼル様の素晴らしいご活躍を伺っておりましたので、ぜひお力をお貸しいただければとハルワ島からお招きいたしました」

「我はひとつも聞いておらぬのだが⁉　レクシア、まさか南の島まで遠征していたとは……！　うう、なぜ我には手紙を寄越さぬのだ……っ⁉」

アーノルドは一瞬涙ぐんだが、すぐに咳払いをして姿勢を正した。

「ごほん。して、ジゼル殿の協力を得ているとは……？」

「あっ、はい！　あの……鳥型の魔物に頼んで、水晶を運んでもらっています。間もなくラステル王国に着く頃合いでしょう」

「な、なんと……！　魔物を使役しているというのか……⁉」

「素晴らしい……世界にはまだ我々の知らぬ力があるのだな……！」

ジゼルの言葉に、あちこちから驚きの声が上がった。

「こ、このように規格外な能力の持ち主が集まるとは……まるで奇跡だな」

各国の君主は信じられない思いで、レクシアたちが友情を結んだ少女たちを見遣る。

緊張の中作業は進み、やがてノエルが額の汗を拭って立ち上がった。

「調整完了しました。こちらの球体（オーブ）に、皆様の力を流し込んでください」

「はい！」

魔導具の上にある球体に、四人の少女が手をかざす。

呼吸を整えると、それぞれの力を流し込んだ。

少女たちが放つ力によって強力な磁場が渦巻き、参加者たちが息を呑（の）む。

「おお、これは……なんと凄（すさ）まじい力だ……！」

「これだけの力を持つ魔術師など、数百年に一度現れるかどうか……！」

やがて魔導具が振動し、水晶のレンズが淡く輝きを帯びた。

フローラが歓喜に声を上擦らせる。

「せ、成功です！ すごい、こんなに安定して作動するなんて……！」

そして、空中に映像が浮かび上がった。

「あっ、映像が……！」

「まさか本当に、こんなことが可能だとは……！」

国王たちが息を詰めて見守る中、ぼやけていた画面が、徐々に焦点が合ってくる。

それは、空からラステル王国の王都を見下ろしている映像だった。

参加者たちは、その映像に目を懲らし——ライラが息を呑んだ。

「こ、これは……！」

＊＊＊

――ラステル王国の王都。

機兵の胸に刻まれた石窟で、ダグラスは呟いた。

「……まもなく、雷砲の充填が終わるか」

雷壁が主砲へと収束していくのを見て、口の端を吊り上げる。

「あの小娘どものせいで余計な時間を食ったが、これで準備は調った。今度こそ大陸中に我が力を知らしめてくれるわ」

ダグラスが雷砲を起動させようとしたその時、凛とした声が響いた。

「待たせたわね、ダグラス！」

「！　この声は……――」

見ると、四人の少女が機兵を睨み上げていた。

「今度こそあなたの野望、打ち砕いてあげるわっ！」

レクシアの朗々たる宣言に、忌々しく口を歪める。

「フン、懲りもせずにまた来たか。二度と同じ手が通用すると思うなよ、貴様らごとき簡単にひねり潰してくれるわ——」

ダグラスの視線が、フードを深く被ったセレネで止まった。

「ん？　あの者は……」

ダグラスは一瞬眉を顰めたが、すぐに首を横に振る。

「……いや、気のせいか。さあ機兵よ、邪魔者を排除するのだ！」

「オオオオオオオオオオオオ！」

機兵の手が持ち上がる。

太い指が光線を放つべく、レクシアたちへと向けられ——

「『監獄』！」

ルナが糸を放った。

木々や崩れかけた城を利用して、機兵の周囲に糸を張り巡らせる。

「ははは！　そんな細い糸が何になるというのだ！」

ダグラスの嘲笑を断ち切るように、セレネが剣を抜いた。

「これでも笑っていられるかな——『火蛇』！」

呪文と共に、糸へ向かって剣を振り下ろす。

すると、赤い炎が蛇と化して糸の上を走った。

張り巡らされた糸を伝って、何十匹という炎の蛇が機兵の周囲を縦横無尽に駆け巡る。

ダグラスは鼻を鳴らした。

「フン。何だこれは、陽動のつもりか？　こんな小細工に構うな、やれ、機兵！」

「オオオオオオオオオオオオオ！」

機兵は再び手を持ち上げ——指先から放たれた光線が、目の前を走る火蛇を撃ち抜いた。

「なっ⁉　何をしている、機兵！　あの小娘どもを狙うんだ！」

「オオオオオオオオオオオオ！」

ダグラスの叫び虚(むな)しく、機兵は周囲を取り巻く火蛇ばかりを追いかけては攻撃する。

「やったわ、作戦大成功よ！」

「ああ、見事に攪乱(かくらん)されているね！」

「な、なんだ、何が起こっている⁉　なぜ当たらぬのだ！　古代技術の粋を集めたこの機兵が、なぜ小娘ごときを撃てぬっ……！」

うろたえるダグラスに、レクシアはびしりと指を突きつけた。

「残念だったわね、ダグラス！　機兵が熱を感知していることさえ知らないなんて、あなたに機兵の主になる資格はないわ！」

「なっ⁉　ね、熱を感知しているだと⁉　そんな、そんなこと、どこにも記されていなかった……！　なぜ貴様らごときがそんなことを知っているのだ……⁉」

「オオオオオオオオオオ！」

あの光線さえ封じることができれば、恐るるに足りないな」

火蛇を追ってあらぬ方向へ光線を放つ機兵を見上げて、ルナたちが不敵に笑う。

「はいっ！　これで思いっきり戦えます！」

「まんまと囮に引っ掛かってくれて感謝するよ、ダグラス！」

「き、貴様らぁぁぁあああああああッ！」

ダグラスの顔が憤怒に染まる。

レクシアは怯むことなく叫んだ。

「狙うはダグラスが持つ鍵よ！　お願い、みんな！」

「ああ！」

レクシアの声に応えて、ルナたちが飛び出す。

かくして、決戦の幕が切って落とされた。

＊＊＊

「オオオオオオオオオオオオ！」

機兵が火蛇を追って闇雲に光線を放つ中、ルナは機兵の足元目指して走る。

ダグラスが焦ったように吼えた。

「くッ！　もういい、ひねり潰してしまえ！」

「オオオオオオオオオオオオオオオオ！」

機兵が少女たちを捕らえようと四肢を振り回す。

機兵が足を踏みならすごとに地形が変わり、腕を振り下ろせば城が瓦解していく。

「なんて破壊力なの⁉　みんな、気を付けて！」

物陰から見ていたレクシアが悲鳴を上げ、ルナも思わず冷や汗を浮かべた。

「さすが、凄まじい膂力だな。今までの糸では押さえることさえ容易ではなかっただろう。だが――」

振り下ろされる拳をかいくぐり、降り注ぐ瓦礫を避けて走る。

機兵の足元に辿り着くと、虹色に光る糸を放った。

「『桎梏』ッ！」

シュルルルルッ！

強化された糸が機兵の片足に巻き付く。

「フン、前回は不覚を取ったが、こんな小細工が二度も通用すると思うなよ！　すぐに振り払ってくれるわ！」

「オオオオオオオオオオオ！」

機兵は構わず足を振り上げようとし――

「なっ⁉　う、動かん……⁉」

糸に絡みつかれた脚はぴくともしなかった。

レクシアが歓声を上げる。

「本当に機兵を止めちゃった！　すごいわ、ルナ！」

「オオ、オ、オォォォォオオ……！」

機兵は糸を振り払おうともがくが、糸はなお強靱に絡みついた。

「な、なんだこれは……⁉　こんな糸ごときに、機兵が止められるなど……！　くそ、早くあの小娘を叩きつぶせ！」

「オオオオオオオオオオオオオオオ！」

「ハッ！」

機兵が動くよりも早く、ルナは鋭く糸を引いた。

収束した糸が、軋み(きし)を上げながら機兵の脚を締め上げ――

バギッ！　バギバギバギィッ！

「オオオオオオオオオオオオ！」

ズウウウウウウウウウウンッ！

糸によって外装が剝がれ、機兵が片膝を突く。

「ぐうっ……!?」

「すごい、すごい！　かっこいいわ、ルナ！」

飛び跳ねて喜ぶレクシアだが、ルナは舌を打った。

「やはり石柱とは違い、砕くまでには至らなかったか！　だが、これで十分だ！」

ルナはティトとセレネを振り仰いだ。

「今だ、ティト！　セレネ！」

＊＊＊

ティトは張り巡らされた糸の上を軽やかに走っていた。

ルナの攻撃によって機兵が片膝を突き、ルナの声が耳に届く。

「今だ、ティト！　セレネ！」

「はい、ルナさん！」

ティトは糸を強く踏むと、流星のごとく機兵に迫った。

「はああああああああああっ！」

機兵の右腕目がけて爪を振り上げる。

「ッ、無駄だ！　この装甲は貴様らごときには壊せぬ！　叩きつぶせ、機兵！」

「オオオオオオオオオオオオ！」

ダグラスが焦りながら叫び、機兵がティト目がけて大きく拳を引く。

それを見ていたレクシアが蒼白になった。

「いけないわ、ティト！　避けて！」

「オオオオオオオオオ！」

ゴオオオオオオオオオオオッ！

ティト目がけて、巨大な拳が放たれる。

しかしティトは不敵に笑った。

「大丈夫です、レクシアさん！　見ててくださいっ！」

唸（うな）る拳に目を走らせ、瞬時に弱点を探し当てる。

「——ここ、この角度ッ！」

「オオオオオオオオオオオオ！」

巨大な拳と正面からぶつかり合う刹那、見抜いた一点を突く。

「【点穴爪（てんけつそう）・極】！」

ビシィッ！　————ガラガラガラッ！

機兵の拳に亀裂が走り、表面がぼろぼろと剝がれ落ちた。

「オオオオオオオオオオオオ……！」

「な、ぁッ……!?」

「す、すごい……！」

レクシアが思わず感嘆するが、攻撃はそれで終わらなかった。

「まだです！」

ティトは叫ぶと、着地した糸を足場にして跳躍した。


「――【爪閃・極】ッ！」

ズガガガガガガガガッ！


糸の反動を利用し、機兵の右腕を駆け上りながら次々に攻撃を重ねていく。

たちまち機兵の右腕が削られ、ついには肘から先が瓦解した。

ガラガラガラ……！

「オオオォ、ォォオオオ、オオ……!?」

ティトはすとんと地面に着地すると、額の汗を拭った。

「ふう。これで少しは大人しくなってくれますね！」

「やったわ、ティト！　修行の成果ね！」

「えへへ、ありがとうございます！」

嬉しそうなレクシアに、ティトははにかんだのだった。

＊＊＊

「『火斬衝』ッ！」

セレネは糸の上を走りながら、機兵に向けて炎の斬撃を放った。

炎を孕んだ衝撃が機兵の腹部を直撃し——しかし一切ダメージを与えられない。

「残念だったな、そんな貧弱な攻撃では傷ひとつ付けることはできぬ！　やれ、機兵！」

「オオオオオオオオオオオオオオオ！」

機兵は激しく左腕を振り回した。

セレネは跳び退って避けたが、機兵の攻撃の余波で、囮の火蛇が掻き消える。

「ははは、囮さえなければこちらのもの！　撃て、機兵よ！」

キュイン！

機兵の左手が、光線を放つべくセレネに狙いを定める。

「ッ！」

セレネは別の糸へと跳躍してそれを躱した。

しかし光線の精度は凄まじく、セレネの腕からぱっと血が飛沫く。

「くッ！」

「セレネ！」

レクシアが悲鳴を上げるが、セレネは糸に着地するなり、機兵に向かって走った。

「無策で突っ込んでくるとは愚かな！　蜂の巣にしてくれるわ！」

機兵の指先から、無数の光線が放たれる。

「あ、あんな攻撃避けられないわ……！」

レクシアが青ざめるが、セレネは怯むことなく剣を構えた。

「その攻撃、見切った――『炎舞剣』！」

ヒュッ――ズバアアアアアアアアアアッ！

炎の剣が閃く。

真紅の剣閃が、雨のごとく降り注ぐ光線を全て斬り払った。

「な、なにぃっ⁉」

「おおおおおおおおおおッ！」

セレネはダグラスが驚愕から立ち直る暇さえ与えず糸を駆け上がる。

そして大きく跳躍すると、機兵の左肩目がけて魔法剣を振り下ろした。

「『紅蓮斬』ッ！」

ギィンッ！

神速の刃は、石の装甲にわずかに傷を付けただけで止まる。

「はは、ふはははははっ！　無駄だと言っただろう！　その程度ではこの機兵を壊すことなどできぬッ！」

耳障りな哄笑を上げて勝ち誇るダグラス。

しかし。

「我が剣を甘く見たのが運の尽きだ、ダグラス！　――はあああああッ！」

セレネは裂帛の気合いと共に、一気に魔力を注ぎ込んだ。

剣が激しく燃え上がり、浅く刻まれた傷から炎の亀裂が走る。

ゴオオオオオオオッ！　ビシィッ！　ビシビシビシィッ！

「な、ぁっ……!?」

「まだ、まだぁッ！」

灼熱の刃が、強固な外装を融かしながら食い込んでいく。

「な――そんな、まさか……！　無敵の装甲が、そんな細い刃に突破されるなど、そんなことあるわけが――！」

ダグラスの絶叫虚しく、真紅に燃える刃は機兵の左肩に深々と沈み込み——そして、剣が中心に達した時。

セレネは一気に魔力を爆ぜさせた。

「これで終わりだ——『烈砕斬』ッ！」

ゴガアアアアアアアアアアアアアアアアアアアアアアッ！

凄まじい爆発が巻き起こり、機兵の左肩が吹き飛ぶ。

「オオ、オオオオオオオオオオオオオオオッ！」

「な、なんだとぉッ⁉」

凄まじい衝撃によって、機兵が大きく傾く。

その弾みに、ダグラスが玉座から投げ出された。

「ぐはぁっ⁉」

無様に地面に叩き付けられるダグラス。

セレネはふわりと糸の上に着地しながら、それを見下ろした。

剣を鋭く振り、炎を払う。

「欲に目が眩んだ哀れな叔父よ。その罪、購ってもらうぞ」

＊＊＊

三人の活躍を見ていたレクシアは、手を叩いて飛び跳ねた。

「やったわ、ダグラスを追い詰めたわ！」

ルナたちも別々の場所から、満身創痍の機兵を見遣る。

「最強の古代兵器も、こうなってはただのでくの坊だな」

「修行の成果を発揮できて良かったです！」

「まさか本当に最強の古代兵器を無力化できるなんて……この光景を見たら、ナユタ帝国の人たちも驚くだろうね」

「オオ、ォ、ォオオ……！」

機兵は両腕を失い、片膝を突いたまま動かない。

機兵の足元に落ちたダグラスは、地面に這いつくばったまま呻いた。

「ば、馬鹿な!?　最強の機兵がここまで破壊されるなど……！　き、貴様ら一体何者なのだ……!?」

レクシアは答えず、ダグラスに指を突きつける。

「観念しなさい、ダグラス！　もうあなたに戦う術はないわ、大人しく鍵を渡すのよ！」

「くっ、まだだ、まだ雷砲が残っている……！　これさえあれば……！」

ダグラスは鍵を強く握り込んでレクシアを睨み付け――その表情が怪訝そうに歪んだ。

「――待て。貴様の顔、見たことがあるな。……確か、アルセリアの王女だったか？」

「！」

レクシアの反応を見て、ダグラスの顔に邪悪な笑みが浮かぶ。

「はは、はははは！　そうか、ただ者ではないと思ったが……なぜアルセリアの王女がここに居るかは知らんが、ちょうどいい――貴様の国から滅ぼしてやる！」

「やめなさい！」

レクシアが声を上げるよりも早く、ダグラスは鍵を掲げた。

「王家の血を以て命ずる！　機兵よ、雷砲を放て！　狙うはアルセリア王国――その全てを焼き尽くすのだッ！」

「オオオオオオオオオオオオオオオオオ！」

機兵の両眼が怪しく光った。

「くっ⁉　玉座にいなくても、あの鍵さえあれば命令を下せるのか……！」

「まずい、雷砲が――！」

「オオオオオオオオオオオオオオオ！」

機兵が雄叫び（おたけび）を上げ、究極の一撃を放つべく、雷砲が禍々（まがまが）しく輝く。

レクシアは屋根の上にいるルナを見上げて叫んだ。

「そうはさせないわ！　ルナ、お願い！」

「ああ、『蜘蛛（くも）』！」

「ぐうっ⁉」

鋭く放たれた糸が、ダグラスの手から鍵を弾（はじ）き飛ばして奪う。

しかしダグラスは手首を押さえながら、歪んだ笑みを浮かべた。

「ふふ、ははは！　無駄だ！　その鍵は所有者である私の命令しか聞かん！　雷砲は既に最終段階に入っている……もはや貴様らには止められぬ！」

「オオオオオオオオオオオオオオオ！」

砲口に黒い光が収束し、膨れあがっていく。

ルナは口の端に笑みを刻んだ。

「ああ、分かっているさ――セレネ！」

ルナは糸の上に立っているセレネに向かって、鍵を放った。

弧を描いて飛んできた鍵を、セレネが受け取る。

ダグラスは邪悪な笑みを深めた。

「無駄だと言っているだろう！　その鍵の持ち主として認められるのは王家の者のみ……そしてここに王家の血を引く者はいない！　もはや私以外、誰にも止められはしないのだ！　はは、ははははははは！」

しかし。

「――そいつはどうかな」

セレネは腕に伝う血を、鍵に滴らせた。

刹那。

鍵に刻まれていた禍々しい紋章が消え、青い紋章へと塗り替えられていく。

「な……⁉」

ダグラスの顔が引き攣る。

セレネは眩く輝く鍵を掲げた。

凛と澄み渡る声で吼える。

「古き王家の血を以て命ずる！　機兵よ、雷砲を収めよ！」

「オオ、オォ、オオオオオオオ――――――――……！」

セレネの命令に、機兵が咆哮で応えた。

雷砲が光を失い、沈黙する。

活動を停止した機兵を見て、ダグラスが目を見開く。

「な……!?　き、貴様、なぜ機兵を止めることができる!?　その鍵は王家の血を引く者しか所有者として認めないはず――」

混乱に血走った目が、セレネを捕らえ――何かに気付いたようにはっと歪んだ。

「も、もしや、貴様……!?　いやまさか、そ、そんなことがあるはずは……――ッ！」

「あの時以来だな、王弟ダグラス」

セレネはダグラスの前に着地すると、フードを払った。

陽の光の下に、月光のような銀髪と、強く煌めく青い瞳が露わになる。

「私こそが、ファルーク国王の一人娘、ディアナだ！」

「な、ぁっ……!?」

ダグラスが絶句する。

「な、なぜ――【嵐の谷】で死んだはずの王女が、なぜここに……!?」

ダグラスは青ざめていたが、その顔が醜く歪んだ。

「我が、我が野望がこんなところで潰えてたまるかッ……！　鍵を返せぇぇぇぇぇ！」

ダグラスが隠し持っていた鞭を振り上げる。

「セレネ、危ない！」

レクシアの叫びが空気を切り裂く。

しかしセレネは迷わず剣を振りかざした。

「貴様の企み、ここで絶つ！　――『紅蓮斬』ッ！」

ゴオオオッ！　ズバアアアアアアッ！

炎が逆巻き、襲い来る鞭を一瞬にして両断する。

炎の余波が、ダグラスの横を掠めて地面を深く抉った。

「あ、あ……」

圧倒的な力の差をまざまざと見せつけられ、ついにダグラスの全身から力が抜け落ちる。

「まさか、こんな……こんなことが……」

「——醜い私欲で世界を恐怖に陥れようとした罪、貴様の全てを賭して償うことだな」

セレネは凛と告げると、軽やかに剣を納め——そんなセレネに、レクシアとティトが抱き付いた。

「やったわ！」

「すごいです、セレネさん！」

「わっ！」

驚くセレネに、レクシアが頬ずりする。

「本当にすごいわセレネ、ダグラスをやっつけちゃった！　それどころか、恐ろしい雷砲から世界を守ったのよ！　幼い頃のセレネも、きっと喜んでるわっ！」

「最後の一騎打ち、とってもかっこよかったです！」

ルナもセレネの肩を叩いて微笑んだ。

「よくやったな、セレネ。強くなり、成長したその姿を見て、きっと国王陛下も喜んでくれるはずだ」

「……ありがとう。長い旅路だったけれど、ようやくここまで来られた……みんなのおかげだよ」

セレネは涙で声を詰まらせ、白い歯を見せて笑った。

レクシアは誇らしげに胸を張る。

「これで一件落着ね！」

「うん。あとは、機兵に封印の命令を下すだけだ」

セレネはそう言うと、沈黙している機兵に向かって鍵を掲げた。

「——王家の血を以て命ずる。遥かなる文明によって生み出されし古代兵器よ、再び永い眠りに就くがいい——」

鍵が青い輝きを放ち、それと反比例するように、機兵の目から光が失われていく。

——しかし。

セレネの持つ鍵の輝きが突如として失せたかと思うと、甲高い音を立てて砕け散った。

パキィィイイイン……ッ！

「えっ⁉」

「か、鍵が……⁉」

「あっ、見て下さい！　機兵が……！」

「オオオオオオオオ……――――」

機兵の両眼に、黒く不気味な光が灯っていた。

うなだれていた顔を持ち上げ、壊れかけた脚で立ち上がる。

その胸で、一度は停止したはずの雷砲が、再び黒い輝きを帯びていた。

「な……⁉　雷砲が再起動した……⁉」

「こ、これは一体……⁉」

驚く四人の横で悲鳴が上がった。

「ぐあああああああ⁉」

「⁉」

気がつくと、機兵の足元で這いつくばっているダグラスに、黒い蛇のような物が絡みついていた。

「あ、あれは……⁉」

「ひいいいっ、な、なんだこれはっ……⁉」

その蛇は、機兵の胸元にある玉座から伸びていた。

必死に逃げようと地面を這うダグラスに絡みつき、瞬く間に玉座へと引きずり込む。

「ま、まさか俺を取り込もうとしているのかっ……⁉　やめろ、やめろ……！　頼む、助けてくれぇ……！」

「ダグラス！」

「【烈爪】ッ！」

ティトが、ダグラスに絡みついた蛇めがけて真空波を飛ばした。

しかし、

バチバチッ！

玉座から放たれた雷撃によって防がれる。

「こ、攻撃が弾かれます……！」

「くっ、止まれ、機兵！　やめるんだ！　私の命令を聞け！」

セレネが必死に語りかける。

しかし機兵は止まることなく、主砲に凄まじい力が集められていく。

「なぜ、どうして制御できない……⁉　それに、なぜ鍵が砕け散ったんだ⁉」

「オオオオオオオオオオオッ！」

「ぐ、ぐあああああああっ⁉」

機兵の玉座で、ダグラスが悲鳴を上げた。

「があああっ、な、なんだ⁉　力が吸われていくっ……！　ああ、あああ……！」

「ダグラス！」

「あ、あれを見て！」

恐怖に喚くダグラスの身体に、砕け散った鍵と同じ紋章が浮かび上がっていた。

セレネが目を見開く。

「こ、これは……！　まさか、王家の血を直接取り込むことで、王弟自身を鍵にしたのか……⁉」

「そ、そんなことできるんですか⁉」

「わ、分からない、だがそうとしか考えられない……――！」

「オオオオオオオオオオオオ！」

セレネの言葉半ばに、機兵が大きく踏み出した。

ひしゃげた城に下半身を埋めるようにして固定し、どこか遠い彼方へと主砲を向ける。

「あいつ、弾道を測っているのか……⁉」

「ま、まるで意思を持っているみたいです……！」

その光景に、セレネが息を吞む。

「そうか、なぜ高度な技術を誇っていたナユタ帝国が滅亡したのか、ようやく分かった……これが古代帝国ナユタを一夜にして滅ぼした、大災厄の正体――古代帝国ナユタは、機兵の暴走によって滅んだんだ！」

「なんですって⁉　じゃあナユタ帝国は、自分たちが生み出した兵器によって滅亡したの⁉」

レクシアが声を引き攣らせ、ルナも歯を食い縛った。

「そうか、そういうことか……機兵は遥か昔に壊れていた。だから僅かに生き残ったナユタの民は、機兵を石の祭壇に封印し、決して起動させないよう代々守り続けていたんだ……！」

「ひいいい、助け、助けてくれぇっ……！」

ダグラスの力が吸い上げられ、それと共に砲身に黒い光が満ちていく。

「だ、ダグラスさんが……！」

「このままでは力を吸い尽くされて死ぬぞ……！」

主砲に溜(た)め込まれた力が溢(あふ)れ出し、バチバチと黒い雷撃を帯びる。

「いけない、雷砲が……！」

レクシアが悲鳴を上げる。

明らかにこれまでの規模とは桁違いだった。

砲口を中心に凄まじい熱量が渦巻き、空間までもがみしみしと軋(きし)む。

「あれは……あんなものを放たれたら、国どころか世界が滅ぶぞ……！」

「オオオオオオオオオオオオオオ！」

砲口の奥で黒く禍々(まがまが)しい光が膨れ上がる。

噴き付ける熱量に、ルナが後ずさった。

「っ、この凄まじい熱量……！　奴(やつ)は、世界と共に心中する気なのか……!?」

「そ、そんな……私たちがしてきたことは……何もかも、無駄だったのか……──？」

セレネが干上がった喉から掠れた声を零(こぼ)す。

すでに為(な)す術(すべ)はなかった。

咆哮(ほうこう)を上げる機兵を見上げたまま立ち尽くす。

ルナたちの顔が絶望に染まりかけた時。

「世界を滅ぼすなんて、私が許さないわ！」

「！　れ、レクシアさん……⁉」

レクシアは翡翠色に輝く瞳で機兵を睨み付けていた。

熱く逆巻く風に、眩い金髪がなびく。

「私たちには未来があるの！　まだまだ出会っていない『これから』があるの！　過去の遺物になんて、負けるわけないんだから――――っ！」

刹那、レクシアを中心に透明な波動が広がった。

澄んだ風が一帯を包み込み、機兵が悲鳴にも似た雄叫びを上げる。

「オオオオオオオオオオ……！」

「こ、この波動は……⁉」

驚くセレネに、ティトが叫んだ。

「これは……【光華の息吹】です！」

「こ、【光華の息吹】とは……⁉」

「レクシアが持つ、特別な力だ……！　負の状態に支配されている相手を元に戻すことができる……！」

「なっ⁉　レクシアさんにそんな力が……⁉」

ルナは眩い光を腕で遮りながら頷いた。

「ああ、この旅で、私たちはレクシアの【光華の息吹】に幾度となく助けられた！　だが……！」

「オオオォォオ、オオオオオオ……！」

機兵は透明な波動に逆らってあらん限りの力を振り絞り、ただ雷砲を放たんがために狂おしく身を捩る。

雷砲が不気味な唸りを上げ、びりびりと肌が震えた。

――あまりにも強大な敵を前に、レクシアの細い肩は、小さく震えていた。

「(ここで私たちが負けたら、世界は滅んでしまう……大切な景色も、大好きな人たちも、みんながひとつずつ積み上げてきた歴史も営みも、何もかも……――！)」

絶望を掻き立てる圧倒的な熱量に、足が竦む。

「オオオオオオオオオオオオ！」

機兵の咆哮と共に凄まじい熱風が押し寄せ、【光華の息吹】が揺らいだ。

「っ、ダメ、このままじゃ……！」

レクシアが唇を噛んだ時。


「レクシア！」

「レクシアさん！」

震える背中に、温かな手が添えられた。

「ルナ、ティト……！」

レクシアを支えるように、ルナとティトが並び立っていた。

「大丈夫です、レクシアさんは一人じゃない……私たちが付いています！」

「お前の力に、何度も助けられた。今度は私たちが支える番だ」

ルナは青い双眸を細めて、レクシアに笑いかける。

「弱気になるなんて、らしくないじゃないか。──大丈夫だ、お前ならできる。恐れることなど何もない……ありったけの力をぶつけてやれ！」

「……ええ！」

翡翠色の瞳が燃え上がった。

機兵を強く睨み据え、叩き付けるように叫ぶ。

「そうよ、私たちがこんな所で負けるわけない！　絶対に、世界を守ってみせるわ――――ッ！」

機兵の力に押し負けそうになっていた【光華の息吹】が、煌めきながら膨れあがった。

「こ、これは……！　レクシアさんの力が、いっそう強く……！」

セレネは思わず身を乗り出した。

眩く輝く波動が、機兵を呑み込む。

「オオ、オオ、オオオオオオ……！」

機兵が掠れた絶叫を上げながら天を仰いだ。

その両眼から禍々しい光が失われ、やがて全身に罅が入り――

バキッ！　バキバキバキィィイイイッ！

「オオオオオオォォォォォ……ッ！」

主砲が崩壊して、黒い光が吹き散らされた。

次いで石の巨体が瓦解し、頽れる。

ズウウウウウウウウウウウウウウウウウウン……！

「っ、機兵が……！」

大量の土埃が舞い上がり、静寂が降りる。

——そして、土埃がおさまった後。

そこには古代兵器は跡形もなく、ただ古ぼけた石のかけらが積み上がっているだけだった。

その光景を前に、セレネが唖然と立ち尽くす。

「こ、これがレクシアさんが持つ特別な力……まさか、古代兵器の暴走さえ止めてしまうとは……！」

「あ……」

「レクシア！」

倒れ込みそうになるレクシアを、ルナが支えた。

「はあ、はあっ……機兵、は……」

「ああ、完全に崩れ去った。よくやった、レクシア」

「レクシアさん……！」

セレネも駆けつけ、レクシアの手を取った。

「なんて……なんてすごい力なんだ、本当に世界を救ってしまうなんて……！　一体どうお礼を言ったらいいのか……！」

声を詰まらせるセレネに、レクシアは微笑み(ほほえ)みながら首を振った。

「ううん、みんなのおかげよ。最強で最かわな私たちに、できないことなんてないんだから！」

その時、気絶したダグラスを抱えたティトが、瓦礫(がれき)の中から現れた。

「ダグラスさんも無事です！　機兵が崩れ去る寸前に、なんとか引っ張り出せました！」

レクシアがぱっと顔を輝かせる。

「良かったわ！　自分がしでかしたこと、これからたっぷり反省してもらわなくちゃならないものね！」

いたずらっぽく片目を瞑るレクシアに、セレネが「ああ」と笑う。

こうして世界を懸けた決戦に勝利した四人は、青空にハイタッチの音を響かせたのだった。

＊＊＊

「な、なんと……！」

時を同じくして、アルセリア王国の王城。

一部始終を見届けた国王議会の参加者たちから、半ば呆けたような感嘆の声が上がった。

「あ、あの少女たち、古代兵器を止めたぞ……！」

「信じられん、たった四人で世界を救ったぞ！　なんて強さなんだ……！」

「それに、レクシア殿が放った不思議な力は一体……⁉」

「アーノルド様！　ご覧になりましたか、レクシア様の勇姿を！」

オーウェンに肩を揺さぶられながら、アーノルドはへなへなと椅子に座り込んだ。

「れ、レクシア……よくぞ無事で……」

ライラが、映像の中で笑っている四人を見つめながら涙ぐむ。

「ああ、良かった……！」

シャオリンとジゼルも、手を取り合って喜んだ。

「レクシアさんたち、さすがなの！」

「ええ！　みんななんて勇敢なの⁉」

「すごいわ、本当に世界を救ってしまうなんて……」

フローラが掠れた声で呟(つぶや)き、ノエルが微(かす)かに笑って頷く。

「うん。万が一に備えて魔法防御を張る準備もしていたけど、必要なかったね。……それにしてもあの古代兵器、構造が気になるな。ぜひ研究対象にしたい」

会議室は万雷の拍手と歓声に包まれていた。

「アルセリア王国のレクシア様は、すばらしい才をお持ちだな！　あんなに勇敢な姫君は見たことがない！」

「それにお仲間たちのご活躍、まさに伝説が生まれる瞬間を見ているようであった！」

「ラステル王国のディアナ王女も、長年行方不明になっていると聞いていたが、まさかこのような形でご帰還なさるとは……それにあの強さ、ディアナ王女がいればラステル王国は安泰ですな！」

「彼女たちがいなければ、今頃世界は滅んでいたことだろう！　紛(まご)うことなき救世主——世界を救った英雄だ！」

王城を揺るがす大歓声の中で、オーウェンはアーノルドに笑いかけた。

「アーノルド様……！」

「ああ……」

アーノルドが声を詰まらせ、誇らしげに目を細める。

「さすが、わしの自慢の娘だ」

「ええ……！」

オーウェンが深く頷きながら、その背中を労るようにさすり――

「……だが、それはそれとして。これ以上は我の心臓が保たぬ！　早く帰ってくるのだ、レクシア――――！」

アルセリア王国の王城に、アーノルドの悲痛な叫びが響き渡ったのであった。

エピローグ

古代兵器の攻撃によって、半分以上が瓦礫と化したラステル王国の王城。

レクシアたちは、奇跡的に無事だった離宮の一室に集まり、寝台に横たわったファルーク国王を囲んでいた。

「セレネ」

「うん」

ルナの目配せに頷いて、セレネが小瓶を取り出す。

それは、ダグラスが持っていた解毒薬であった。

セレネは緊張した面持ちで、眠っているファルークに解毒薬を飲ませる。

すると、ファルークの顔色がみるみる回復した。

閉じられていた瞼が静かに開く。

「父上……！」

「……！　お前は……！」

ファルークの双眸が大きく見開かれる。

かつて毒で濁っていたその瞳は青く澄み、驚きを浮かべながらセレネの姿を映していた。

セレネは涙をこらえながら笑いかける。

「あなたの娘、ディアナです。帰ってまいりました……！」

「おお、おお……！」

ファルークは身を起こすと、セレネの手を取った。

「おお、ディアナ！　生きて……生きておったのだな……！　ずっと信じておった……こうして会える日を、どれほど心待ちにしていたことか……！」

「はい……！　私も父上と再会できる日を楽しみに、今日まで生きてまいりました……！」

互いに声を震わせ、存在を確かめるように強く抱擁する。

邪悪な企みによって引き離された二人は、長い時を経てついに再会を果たしたのだった。

ファルークはしばし最愛の娘との再会を嚙みしめていたが、はっと目を見開いた。

「そうだ、鍵……古代兵器の鍵は……！　確か、我が弟に奪われて……！」

セレネは取り乱すファルークの手を優しく握りながら笑った。

「古代兵器は破壊しました。二度と蘇ることはないでしょう」

「な、なんと⁉　あの最強の古代兵器を破壊しただと⁉　い、一体どうやって……！」

「彼女たちのおかげです」

セレネの視線を受けて、レクシアは優雅に微笑みながらスカートをつまんだ。

「お初にお目に掛かります、ファルーク様。アルセリア王国の第一王女、レクシアです」

「なっ⁉　あ、アルセリア王国のレクシア王女だと⁉」

「はい、どうぞ以後お見知りおきを。そしてこちらは、私の仲間のルナとティトです」

「ルナと申します」

「初めまして、ティトです！」

「こ、こんな可憐な少女たちが、古代兵器を破壊したというのか……！」

驚いているファルークに、セレネが微笑む。

「はい。彼女たちがダグラスの企みを阻止し、暴走した古代兵器さえも止めてくれました……彼女たちは、ラステル王国の――いや、世界を救った救世主です」

ファルークは感激に喉を震わせた。

「おお、なんということだ……どんなに言葉を尽くしても足りぬ、心より感謝を申し上げます」

「でも、私たちだけでは古代兵器を止められなかったわ！　セレネ――じゃなくて、ディアナ王女も、とっても強くてかっこよかったんだから！」

レクシアが片目を瞑ると、セレネが気恥ずかしそうにはにかむ。

ファルークはそんな娘の姿に目を細めていたが、ふとルナを不思議そうに見つめた。

「ところで……ルナ殿は、娘によく似ているな」

「はい、私も驚きました」

頷くルナを見ながら、ファルークが静かに言葉を紡（つむ）ぐ。

「それに、その声……儂（わし）は朦朧（もうろう）とする意識の中で、そなたに会った気がする。毒で目が霞（かす）み、よく見ることはできなかったが……儂に向けてくれた声に真の優しさと労りを感じて、儂は命尽きる前に、そなたに鍵を託そうとしたのだ……」

「ファルーク陛下……」

ルナは少し声を詰まらせて、胸に手を当てた。

「……微力ながらこの国の力になれたこと、そして勇敢なディアナ王女殿下と共に戦えたことは、私の誇りです」

「ああ、ありがとう……」

ファルークは深く頭を下げる。

そして、静かにセレネを見上げた。

「……して、全てはダグラスの企みであったということだな」

「……はい」

「そうか……。半年前から日に日に身体が弱り、ようやくあやつの企みに気付いた時には遅すぎた。地下室に幽閉されて、何もできなくなっていたのだ……情けないことだ」

セレネは小瓶に目を遣った。

「これは解毒薬です。ダグラスが私に託しました。『本当に愚かなことをした。この罪は命を以てでも償う』と……」

「うむ。ナユタの亡霊とでも言うべきか……あやつは古代兵器の秘密を知って、欲に取り憑かれてしまったのであろう。世界を危機に陥れた罪は重い、厳正に処分しなければな……。いずれにしても、あれは人が持つには大きすぎる力だった。古代兵器を破壊してくれて、心より感謝する」

ファルークは今一度深く頭を下げた。

セレネが優しくその背をさすって立ち上がる。

「それでは父上、私はレクシアさんたちをお見送りしてまいります」

「うむ。すまぬがまだ本調子ではないゆえ、儂はここで見送らせてもらおう。どうか良い旅を。何か困ったことがあれば、いつでも力になろう」

「ありがとうございます！」

レクシアたちはファルーク国王に別れを告げて、部屋を後にした。

＊＊＊

離宮の外には、臣下や兵士たちが集まっていた。

「ディアナ様、ファルーク陛下のご容態は……！」

心配そうに取り囲む人々に、セレネが笑いかける。

「心配いらない、無事にご回復されたよ」

「ああ、良かった……！」

涙ぐむ人々に、セレネは柔らかく微笑(ほほえ)んだ。

「城は壊されてしまったし、王都が負ったダメージは計り知れないけれど……父上と共に、一日も早く再建すると約束するよ。どうかみんなの力を貸してほしい。私たちの手で、より良い国にしていこう」

「はい……！」

城の人々が明るい表情で頷く。

ダグラスの陰謀が明るみに出され、セレネこそが本物のディアナ王女だと知った人々は、ひどく驚いたものの、セレネの誠実な人柄もあってすぐに温かく迎え入れていた。

そんなセレネの姿を見て、ルナが感心したように腕を組む。

「さすがは本物の王女様だ、気品と風格が溢れているな」

「あら、ルナだって王女様役、とっても似合ってたわよ！」

「はい、すごく可愛かったです！」

「うう、やめてくれ、王宮生活はもうこりごりだ」

ルナはため息を吐いたが、城の人々に笑いかけているセレネを見て目を細めた。

「――セレネなら、きっといい王女になるだろう。ラステル王国の未来は明るいな」

四人は城門へと向かった。

門の前には、たくさんの人々が集まっていた。

「あっ、出てきたぞ！」

「世界を守ってくれてありがとう、『わくわくキラキラサーカス団』！」

王都中の人たちが、笑顔で歓声を上げる。

その中には、背中に子どもたちを乗せたストーム・ベアーの姿もあった。

「グオ、グオ！」

「良かった、無事だったのね！」

レクシアが駆け寄ると、子どもたちや周囲の人が口々に明るい声を上げる。

「足をくじいて逃げられなかったんだが、この魔物に助けられたんだ、命の恩人だよ！」

「すっごく速かったし、もふもふだった！」

「それに、とっても力持ちだよー！」

「ふふ、町の人たちを守ってくれたのね。とっても偉いわ！」

「グオ、グオ」

レクシアに撫(な)でられて、ストーム・ベアーが嬉(うれ)しそうに喉を鳴らした。

メイドたちが、名残惜しそうにルナを取り囲む。

「うう、ルナ様、もう旅立たれてしまうのですね……」

「寂しいですが、どうぞお元気で……！」

「私たち、いつまでもルナ様の幸せを祈っております！」

涙ぐむメイドたちに、ルナは目を細めて笑った。

「短い間だったが、おかげで楽しかった、ありがとう。私に心を込めて尽くしてくれたように、今度はセレネを支えてやってくれ」

「「「「はいっ！」」」」

メイドたちはルナの笑顔に頬を染めながら、元気に声を合わせた。

「本当にありがとう、レクシアさん、ルナさん、ティトさん」

セレネが三人の手を握る。

「こうしてお城に戻れたのも、ラステル王国を、そして世界を守ることができたのも、レクシアさんたちのおかげだ。どんなに言葉を尽くしても足りない。この恩は忘れないよ」

涙の滲む青い瞳に、レクシアたちは明るく笑いかけた。

「ううん、がんばったのはセレネよ！」

「セレネさんの魔法剣、とってもかっこよかったです！」

「これから先、セレネが作る国を楽しみにしているぞ」

「ああ……！」

別れを告げ、大きく手を振って歩き出す。

「いつか王女同士、お茶をしましょうね！」

「うん、楽しみにしてるよ！」

「ルナ様――――！　お元気で――――――！」

「また遊びにいらしてくださいね――――――――！」

「グオォ――――――！」

青空に、明るい別れの声が響く。

こうしてまたもや世界を救ったレクシアたちは、大歓声に見送られながら、『悠久の王国』ラステル王国を後にしたのであった。

＊＊＊

王都を後にして、レクシアは大きく伸びをした。

「んーっ！　いろいろあったけど、とっても楽しかったわね！」

「しかし、今回も大変な目に遭ったな」

ため息を吐くルナに、ティトがきらきらと目を輝かせる。

「ルナさんのドレス姿、本当に綺麗(きれい)でした！　もう一回見たいです！」

「そうそう、帰ったら私のドレスを貸してあげるわ！　一緒にパーティーに出ましょうよ！」

「いや、もうドレスは一生着ないぞ」

「ええーっ！　とっても似合ってたのに、もったいないわよ！」

レクシアは不満げに頰を膨らませていたが、ふと何かを思いだしたように荷物を漁(あさ)った。

「あっ、そうだルナ、これあげるわ！　ドクロのネックレスよ！」

「いらないが!?」

「えっ、とってもカッコいいのに!? ほらほら、虹色に光るのよ!? 本当はユウヤ様にあげようと思ってたんだけど、ルナは王都観光できなくて心残りだろうから、特別にあげるわ!」

「いらないと言っているだろう! というか、そもそもそんな怪しい物を買うな!」

そんな二人のやりとりを見て、ティトが喉を鳴らして笑う。

「でも、旅をはじめてから、いろんな国のお土産が増えましたね!」

「そうね! 北の大国から南の島まで、世界中たくさんの地を巡ったものね!」

「その度に規格外な事件に巻き込まれてきたがな……」

ルナはやれやれと首を振りつつ、ふとレクシアを見遣った。

「それにしても、お前の【光華の息吹】……『魔聖』様からいずれ覚醒するだろうとは聞いていたが、まさか暴走した古代兵器をも止めるとは……どんどん規格外になっていくな」

「そうかしら?」

首を傾げるレクシアに、ティトも頷く。

「そういえば、レクシアさんの力が解放されるのは、いつも誰かを助けようとする時とか、国や世界を守ろうとする時でしたね」

「言われてみればそうだな。……もしかすると、レクシアの『困っている人を助けたい』という気持ちに、【光華の息吹】という特別な力を解放する根源的な何かがあるのかもしれないな」

「んー、よく分からないけど、それって……」

レクシアは不思議そうにしていたが、ぱっと顔を輝かせた。

「ユウヤ様に近付けたってことね！」

「なんでそうなる⁉」

「だって、ユウヤ様っていつも誰かを助けるために、どんどん強くなっているでしょ？　この旅だって、少しでもそんなユウヤ様の婚約者として相応しくなるためにはじめたんだもの！　どうしよう、ユウヤ様に『すごいよレクシアさん、俺たちお似合いだから今すぐに結婚しよう！』なんて迫られちゃったら……きゃーっ！」

「そ、そんなわけないだろう！　大体、【光華の息吹】を使いこなせているわけでもあるまいし……！」

「そんなことないわ！　見ててよ、今すぐにだって発動できるんだから！　えーいっ！」

レクシアは元気よく両手を天に掲げ――

「……何も起こらないな」

「なんでよーっ！」

「はあ、やれやれ」

地団駄を踏むレクシアを見ながら、ティトが笑う。

「でも、とってもレクシアさんらしい力ですね！」

「……そうだな」

ルナは小さく笑った。

「さて、もう満足しただろう。今度こそアルセリア王国に帰るぞ――」

ルナは息を吐きつつ、レクシアを見遣り――

しかしレクシアは、意気揚々と街道の先を指さした。

「さあ、次はどこへ行こうかしらっ⁉」

「ま、待てレクシア、まだ旅を続けるのか⁉」

レクシアはきょとんと目をしばたたかせる。

「えっ？　だって、世界にはまだまだ困っている人がたくさんいるのよ？　みんなを助けるまで、この旅は終わらないんだから！」

「そんなことを言っていたら一生帰れないだろう！　あっ、待てレクシア、せめて手紙を送れ――――っ！」

「あ、あれっ⁉　また袋に穴が空いてませんか⁉　アイテムが零れ落ちてますよ！　あわわわ、待って、待ってくださーいっ！」

レクシアは弾むような足取りで街道を往き、ルナとティトが慌てながらその背中を追いかける。

自分たちの活躍が国王議会で中継され、すっかり英雄になっていることなど露知らず、少女たちは明るい声を響かせながら、再び旅の空の下を走り出すのであった。

あとがき

こんにちは、琴平稜です。

『異世界でチート能力を手にした俺は、現実世界をも無双する』ガールズサイドも5巻目となりました。このスピンオフがここまで来られたのも、いつも温かく応援してくださる皆様のおかげです、本当にありがとうございます。


今回の舞台は、古代文明の名残が息づく『悠久の王国』です。

王女様と間違われてお城に攫われてしまったルナを奪還するべく、新たに出会った少女セレネと共に奮闘するレクシアとティト。そんな中、王宮に渦巻く恐ろしい陰謀が明らかになり――という内容になっております。楽しんでいただけましたら幸いです。


早速ですが、謝辞に移らせていただきます。

原作者の美紅先生。海よりも広いお心に甘え、今回もとても楽しく書かせていただきました。お忙しい中ご監修くださり、またいつも温かいお言葉をいただきまして、心から感謝申し上げます。今後も一ファンとして、益々のご活躍を楽しみにしております。

そして今回も大変お世話になりました編集様。毎回打ち合わせの度に「な、な、なるほどー！　『面白い』とはこういうことか……！」と創作の妙を噛みしめ感激しております。いつも丁寧で細やかなご指導をいただき、また素晴らしい作品に携わる機会をくださいまして、感謝の念に堪えません。

　想像を遥かに超えた素晴らしいイラストを描いてくださる桑島先生。今回もドレス姿のルナやサーカス衣装のレクシアたち等、可憐でキュートで華やかでカッコよくて尊いイラストの数々に、思わず両手を合わせて拝みました。本当にありがとうございます。

　いつも応援してくれる友人たち。心から励みになっています。

　デザイナーさん、校正さん、印刷所さん、書店さん、編集部の皆様。

　そして何より、レクシア一行の旅路を見守ってくださった皆様。

　たくさんの方に愛されている作品に携わることができて、とても楽しく、幸せでした。

　またどこかでお会いできましたら、それに勝る喜びはありません。

　本当にありがとうございました。

琴平稜

お便りはこちらまで

〒一〇二－八一七七
ファンタジア文庫編集部気付
琴平稜（様）宛
美紅（様）宛
桑島黎音（様）宛

異世界でチート能力を手にした俺は、現実世界をも無双する　ガールズサイド5
～華麗なる乙女たちの冒険は世界を変えた～

令和6年5月20日　初版発行

著者――琴平　稜

原案・監修――美紅

発行者――山下直久

発　行――株式会社KADOKAWA
〒102-8177
東京都千代田区富士見2-13-3
0570-002-301（ナビダイヤル）

印刷所――株式会社暁印刷

製本所――本間製本株式会社

※定価はカバーに表示してあります。

●お問い合わせ
https://www.kadokawa.co.jp/（「お問い合わせ」へお進みください）
※内容によっては、お答えできない場合があります。
※サポートは日本国内のみとさせていただきます。
※Japanese text only

ISBN978-4-04-075449-9 C0193　◇◇◇